www.bbulmedia.com

1판 1쇄 찍음 2016년 8월 16일
1판 1쇄 펴냄 2016년 8월 22일

지은이 | 정사부
펴낸이 | 정 필
펴낸곳 | 도서출판 **뿔미디어**

기획 · 편집 | 문정흠 · 명진홍

출판등록 | 2002년 9월 11일 (제1081-1-132호)
주소 | 경기도 부천시 원미구 소향로 17번길(두성프라자) 303호 (우) 14544
전화 | 032)651-6513 / 팩스 032)651-6094
E-mail | bbulmedia@hanmail.net
홈페이지 | http://bbulmedia.com

값 8,000원

ISBN 979-11-315-7341-9 04810
ISBN 979-11-315-7112-5 04810 (세트)

정사부 현대 판타지 장편 소설
Hunting Frontier
헌팅 프론티어
5
BBULMEDIA FANTASY STORY
뿔미디어

목차

Chapter 1
관목 숲 전투

쿠루룽! 쿵! 쿵!

쏴아아아!

가을비가 억수같이 쏟아지고 있었다.

늦은 가을이라 비가 그치면 곧 쌀쌀한 겨울 날씨로 접어들 것이다.

창밖으로 비가 내리는 모습을 아무런 감정 없이 지켜보던 노인태는 갑자기 떠오른 듯, 뒤를 돌아 소리쳤다.

"윤 비서! 윤 비서!"

"예, 부르셨습니까?"

노인태의 부름에 달려온 것은 퇴출된 최성규를 대신해 그

자리에 오른 윤진수였다.

그는 원래 최성규 비서실장의 밑에 있던 사람인데, 고소 사건이 잘못되어 노인태의 손에 의해 최성규가 죽임을 당한 뒤, 새롭게 비서실장이 된 인물이었다.

윤진수는 자신의 상사가 어떻게 되었는지 자세한 내용은 알지 못하지만, 노인태의 손에 처리가 되었을 것이란 사실은 미루어 짐작할 수 있었다.

그 때문에 윤진수는 무척이나 조심을 하고 있는 중이었다.

은연중 노인태에게서 보이는 섬뜩한 광기는 몬스터의 살기 이상으로 두려웠다.

윤진수 또한 한때 헌터로서 노인태를 수행한 적도 있기에, 그가 한 번 꼭지가 돌면 어떻게 변하는지 잘 알고 있었다.

"박 부장에게선 아직 연락이 없나?"

"네, 아직 아무런 연락이 없었습니다."

번쩍!

윤진수가 보고를 할 때, 마침 창밖으로 번개가 내리쳤다.

순간적으로 반짝인 번개 불빛을 받은 노인태의 모습은 마치 영화 속 악당이 부하로부터 보고를 받는 것처럼 느껴졌다.

실제로 노인태는 악당이라고 해도 부족함이 없을 만큼 굉장히 화가 나 있었다.

윤진수의 보고에 기분이 나빠진 것이다.

박용식이 금방이라도 결과를 보고할 것처럼 나가서는 하루가 지났는데도 아무런 보고가 없다는 사실이 그의 기분을 다운시킨 것이다.

솟구치는 화를 애써 억누르며 노인태는 침착하게 고민하였다.

'이대로 박 부장이 보고할 때까지 기다려야 할까?'

아무리 생각해 봐도 그렇게 해서는 자신의 지금 이 기분을 풀 수 없을 것 같다는 생각이 들었다.

'아니야. 날 화나게 한 놈의 처리를 다른 사람의 손에 맡긴다는 것은 말이 되지 않지.'

이윽고 노인태는 이대로 가만히 기다리는 것은 자신의 성미에 맞지 않다는 결론을 내리며 직접 움직이기로 결심하였다.

"클랜에 누가 남아 있지?"

노인태는 정진을 응징하기 위한 행동에 앞서 쓸 만한 헌터가 누가 있는지를 물었다.

"박용식 부장이 열네 명의 헌터를 데리고 간 상태입니다. 대부분의 헌터들이 흰머리산 던전의 제3쉘터 건설 프로젝트에 투입되었다고 생각하시면 됩니다. 현재 클랜에 남은 헌터는 입고된 아머드 기어의 정비를 위해 남은 김환구 헌터, 노재욱 헌터, 최인규 헌터, 그리고 신동현 헌터. 이렇게 네 명이 남아 있습니다."

"아머드 기어 드라이버가 클랜에 있단 말이지?"

"예, 아머드 기어도 오늘 오후 5시쯤이면 정비를 마친다는 보고가 있었습니다."

윤진수의 보고에 노인태는 눈을 반짝였다.

정진에게 응징을 하는 데 딱 적절한 상황이기 때문이었다.

다른 것도 아니고 아머드 기어 드라이버들이 대기를 하고 있다니, 이 얼마나 환상적인 타이밍인가. 더군다나 남은 네 명의 아머드 기어 드라이버는 클랜 내에서도 자신을 지지하는 헌터들이었다.

사실 자신이 사장으로 있는 헌터 클랜이라고 모두 자신을 따르는 헌터만 있는 것은 아니었다.

그룹의 후계자 자리를 노리는 두 형의 끄나풀들도 클랜 내에 자리하고 있었다.

그 때문에 자신이 추진하려는 일들이 간간이 형들의 방해로 성과를 내지 못할 때도 있어서 자신이 현재 사장의 자리에서 물러나 있는 지금, 노인태는 형들에게 소속된 끄나풀 헌터들의 감시도 피해야 하는 입장이었던 것이다.

이러한 형국 속에서 이처럼 좋은 상황을 만나다니, 정말이지 하늘이 돕고 있다 느껴졌다.

"그럼 그들에게 연락해."

"뭐라고 연락해야……."

"뭐긴 뭐야, 특수 임무를 수행하는 박 부장을 지원하는 일이지."

노인태는 최성규 비서실장의 후임으로 임명한 윤진수를 아직까지 확실하게 믿을 수 없어 돌려 말했다.

지금 박용식은 자신의 명령에 따라 정진을 처리하기 위해 뉴 어스에 간 상태였다.

물론 대외적으로 박용식은 특수 의뢰를 받아 그것을 처리하기 위해 파견 나간 것으로 되어 있었다.

그러니 노인태는 그런 박용식을 지원하기 위해 네 기의 아머드 기어와 아머드 기어 드라이버를 대동하고 지원을 간다는 명분을 이용했다.

"아, 알겠습니다. 바로 지시를 전달하겠습니다."

아무리 노인태가 클랜의 일에서 물러났다고는 하지만, 어차피 조만간 다시 돌아오게 될 것이란 사실을 잘 알고 있는 윤진수였다.

윤진수는 노인태의 심기를 건드리지 않기 위해 최대한 빠르게 움직였다.

황급히 자리를 떠나는 윤진수의 뒷모습을 지켜보던 노인태는 시선을 돌려 다시 비가 내리는 창밖을 내다보았다.

조금 전처럼 천둥과 번개는 없지만, 빗줄기는 더욱 굵어져 있었다.

"감히 날 이렇게 망신시키고도 내가 그냥 있을 줄 알았다면 큰 오산이다. 너를 필두로 네 주변 인물들까지 모두 가만두지 않을 것이다!"

번쩍!

콰쾅!

마치 노인태의 심정을 대변하기라도 하듯, 혼잣말이 끝나기 무섭게 창밖으로 천둥과 번개가 번쩍 내리쳤다.

벼락은 노인태의 별장 바로 앞에 떨어졌다. 운 나쁘게도 커다란 느티나무 한 그루가 그 벼락에 맞아 불타는 중이었다.

꽈드득! 쿵!

느티나무가 힘없이 쓰러지는 모습을 노인태는 아무런 감흥 없이 그저 지켜보았다.

✝   ✝   ✝

뉴 어스, 대한민국의 제1쉘터인 뉴 서울에서도 북쪽으로 20㎞ 떨어진 넓은 관목 숲에 숨어 있던 박용식과 노태 클랜 소속 헌터들은 방금 전 척후가 전해온 소식을 듣고 분주하게 움직였다.

한 시간 뒤면 이곳을 통과할 목표를 습격할 준비를 하기 위해서였다.

정규 헌터 클랜이 이러면 안 되는 일이지만, 사실 다른 헌터 클랜이나 몬스터 헌팅 팀을 습격하는 것은 암암리에 공공연하게 일어나는 일들이기도 했다.

몬스터를 잡는 것보다 손쉽게 성과를 얻을 수 있기에 다크 헌터들뿐만 아니라, 정규 헌터들도 여건만 되면 다른 헌터 팀이나 클랜의 사냥대를 습격하는 것이었다.

몬스터를 잡아봤자 복불복으로 마정석을 얻을 뿐이지만, 사냥을 떠났다가 돌아오는 헌터 팀이나 클랜의 사냥대는 100% 확률로 마정석과 고가의 부속을 가지고 있기 마련이었다.

그런 까닭에 몇몇 정규 클랜은 말만 그럴싸할 뿐, 불법적으로 헌터 사냥을 하는 경우가 많았다.

노태 클랜은 대기업인 노태 그룹 산하에 있기에 대체로 그런 일은 지양하는 편이지만, 가끔 경쟁 클랜을 습격하거나 소규모 헌터 팀 중 던전에 연관된 헌터들을 조용히 처리하고 던전을 차지하기도 했다.

이런 경험이 있기에 박용식이 헌터 팀 하나를 처리하러 간다고 했을 때, 이들은 별다른 거리낌 없이 참여를 한 것이었다.

이 자리에 있는 헌터들은 이런 경험이 상당했기에, 정규 헌팅을 했을 때보다 보상이 더 크다는 것을 잘 알고 있었다.

들어가는 노력에 비해 보상이 크기에 경쟁률이 높은 건 당연했다.

하지만 지금은 대규모 프로젝트를 진행하는 중이라서, 클랜에 남아 있는 헌터가 적어 대다수가 무리 없이 참여할 수 있었다.

"빨리빨리 끝내라!"

"알겠습니다."

부하들의 준비를 지켜보던 박용식은 인상을 찡그렸다.

한 시간밖에 남지 않았는데 돌아가는 일의 진척 상황이 마음에 들지 않은 것이다.

박용식은 수풀에 매복하고 있는 한 헌터를 향해 물었다.

"잘 숨어 있겠지?"

"예."

"놈은 아주 강해. 여차하면 너희가 그놈들을 끝장내야 한다."

"저희는 걱정 마십시오. 이런 일을 한두 번 합니까? 맡겨주십시오."

"너희를 걱정하는 것이 아니야! 다만, 뉴 서울과 얼마 떨어지지 않아 혹시나 소란이 일어나면 눈치챌까 그러는 것이다! 뉴 서울에서 조사단을 파견하면 골치가 아파지니까 최대한 빠르게 그놈들을 정리하고 현장을 이탈해야 한다는 소리다! 다시 한 번 말하지만, 절대 증거를 남겨선 안 된다. 알겠나?"

"알겠습니다!"

박용식은 매복하고 있는 헌터들을 못 미더운 눈으로 힐긋 보고는 고개를 돌렸다.

이 자리에 있는 헌터들은 알지 못하지만, 사실 박용식은 헌터들만 동원한 것이 아니었다.

혹시 몰라 헌터들 모르게 또 다른 전력을 준비했다.

그들은 노태 클랜에 소속된 인원이 아닌, 헌터만 전문으로 사냥하는 다크 헌터였다.

그것도 무려 아머드 기어를 운용하는 자들이었다.

다크 헌터 중에서도 상위에 드는 이들은 기업 후원 없이도 그 비싼 아머드 기어를 운용할 정도로 기반이 탄탄하고 실력이 뛰어난 이들이었다.

아머드 기어를 운용하다 보니 일반 헌팅 팀뿐만 아니라, 기업이 후원하는 정규 헌터 클랜의 사냥대까지 습격하는, 정말로 위험한 자들이었다.

그런 자들을 박용식은 아무렇지도 않게 부리고 있었다.

특별한 커넥션이 없는 보통 사람이라면 이런 위험한 자들을 절대 섭외하지 못했을 것이다.

박용식은 분주하게 움직이는 헌터들을 날카로운 눈빛으로 훑어보았다.

† † †

덜그럭덜그럭.

"끙."

"힘 좀 더 내봐."

무거운 짐이 실린 달구지를 끌고 가는 강진성과 류재욱은 목에 핏대가 설 만큼 온 힘을 다하고 있지만, 좀처럼 앞으로 나아가질 못했다.

정진이 무게를 덜기 위해 마법을 걸어주고, 또 뒤에서는 다른 멤버들이 밀어주고 있지만, 그럼에도 달구지에 실린 몬스터 부속들의 무게는 장난이 아니었다.

아무리 돈이 되는 부위만 챙겼다고 하지만, 팀 아케인이 잡은 몬스터는 그 종류가 전부 트롤과 오우거였기에 무게는 상상을 초월했다.

팀 아케인이 사냥한 몬스터는 오우거 다섯 마리와 트롤 여덟 마리.

오우거 다섯 마리의 무게만 해도 기본적으로 1톤이 훌쩍 넘었다.

그리고 트롤 여덟 마리 또한 오우거에 살짝 못 미치지만, 700~800kg의 무게를 자랑했다.

그런데 팀 아케인이 잡은 오우거는 평균보다 더 커다란 놈들이기에 무게가 더 나가는 것이었다.

이러한 이유로 돈이 되는 뼈와 가죽만 챙겼음에도 오우거들의 무게는 원래의 무게보다 30%나 더 무거운 2.4톤이나 되었다.

거기에 트롤의 뼈와 가죽, 그리고 돈이 되는 피와 부속까지 실었으니 달구지의 총 무게는 5.8톤에 육박했다.

만약 이것을 달구지에 싣지 않고 멤버들이 각자 분배해 메고 올 생각을 했다면, 아마도 다 가지고 오지 못하고 많은 것을 버려야 했을 것이다.

하지만 대장간에서 일을 한 경험이 있는 정진이 즉석에서 달구지를 만들자 문제가 해결되었다.

마소를 대신해 타라칸이 달구지를 끌고 뉴 서울 인근까지 와 교대를 해주었다.

타라칸이 달구지를 끌 때는 별다른 생각을 하지 않다가 정작 자신들이 그 일을 맡게 되자 강진성과 류재욱은 자신들이 얼마나 많은 몬스터를 무식하게 사냥했는지 알게 되었다.

그나마 강진성은 한 번 경험이 있기에 덜하지만, 류재욱은 정말이지 충격이었다.

정진이 마법을 걸어줬기에 망정이지, 그렇지 않았다면 두 사람은 한 발짝도 떼지 못했을 것이 분명했다.

지금도 강현성과 김지웅이 무기에 걸린 스트랭스 마법을

활성화시켜 뒤에서 밀어주고 있어 겨우 이동을 할 수 있는 것이었다.

"조금만 더 가서 쉬자! 힘내!"

"예! 으영차!"

한편, 조용히 이들의 뒤를 따라 걷고 있는 정진의 기감에 뭔가 걸려드는 것이 있었다.

조금 전부터 뭔가 불안한 느낌에 주변을 둘러보고 있지만, 별다른 위험 요소는 보이지 않았다.

그런데도 이상하게 뭔가 불안한 느낌이 자꾸만 신경을 긁어 댔다.

'뭐지? 뭐가 있기에 날 이렇게 불안하게 만드는 거지?'

정진은 알 수 없는 감각에 점점 짜증이 나기 시작했다.

하지만 그렇다고 형들 앞에서 짜증을 낼 수도 없었다.

다른 형들은 힘들게 달구지를 미는데 자신은 마법사라 해서 편하게 가고 있지 않은가.

그런 상황에서 형들에게 안 좋은 모습을 보일 수는 없다는 생각이었다. 정진은 솟구치는 짜증을 억지로 참으며, 자신을 불안하게 만드는 요소가 뭔지 알아내기 위해 분주히 주변을 살폈다.

"무슨 일이냐?"

이정진은 조금 전부터 자꾸만 두리번거리며 주변을 살피는 정진의 모습에 고개를 갸웃거렸다.

이대로만 가면 세 시간 안에 뉴 서울이 보일 것이다.

거기까지만 가면 몬스터도 별로 없는 안전지대라 할 수 있었다.

아니, 사실 이곳도 뉴 서울과 얼마 떨어지지 않아 몬스터도 별로 보이지 않고, 또 사실 몬스터가 나온다 해도 아무런 걱정이 없었다.

이미 트롤과 오우거를 상대로 손쉬운 전투를 치렀기에, 이정진이나 다른 멤버들은 이젠 이 일대에 서식하는 몬스터에 그리 두려운 생각이 들지 않던 것이다.

"아니에요. 그냥 이상한 느낌이 자꾸만 들어서 주변을 살피고 있던 것뿐이에요."

정진은 별거 아니란 투로 말을 했다.

확실하게 드러난 것도 없는데 괜히 멤버들의 기분을 망칠 필요는 없었으니.

"음, 그러고 보니 주변이 너무 조용한데……."

정진의 말을 듣고 차분히 주변을 살펴보니, 이정진도 본능적으로 뭔가를 이상함이 느껴졌다.

아무리 몬스터가 출몰하는 곳이라 해도 숲속의 위협이 몬스터에만 한정되는 것은 아니다.

이곳에는 작은 몬스터나 야생 짐승, 그리고 인간을 위협하는 벌레나 식물도 있었다.

그런데 이런 작은 몬스터나 벌레들의 소리가 전혀 들리지 않았다.

마치 폭풍전야에 깔리는 고요함처럼 주변이 너무도 조용했다. 들리는 소음이라곤 팀 아케인 멤버들이 달구지를 끄는 소리뿐이었다.

본능적으로 뭔가 이상한 낌새를 감지한 이정진은 갑자기 뒷목이 서늘해지는 느낌을 받았다.

'습격이다!'

오랜 기간 헌터로 몬스터 사냥을 해왔기에, 이런 현상이 어떤 때 벌어지는지 잘 알고 있는 이정진이었다.

사실 이정진도 비슷한 경험을 겪은 적이 있었다.

다크 헌터들의 습격을 받아 그가 속한 헌팅 팀이 전멸에 가까운 타격을 입어 결국 팀이 해체되었던 것이다

심지어 그가 속한 헌팅 팀은 일반 헌팅 팀보다 상당히 강력한 편이었다.

비록 아머드 기어는 갖추지 못했지만, 상당한 헌팅 노하우와 손발이 잘 맞아 정규 클랜으로 발전을 모색하던 팀이

었다.

그런 팀이 다크 헌터들의 습격으로 인해 허무하게 무너진 것이었다.

이정진은 주변이 너무도 조용하다는 느낌에 그때의 습격을 어렵지 않게 떠올릴 수 있었다.

"주변에 누군가 숨어 있는 것 같다. 각자 습격에 대비를 해라."

팀장이란 지위에 맞게 이정진은 팀원들에게 나직이 경고를 하였다.

"알겠습니다."

"OK."

팀 아케인 멤버들은 베테랑답게 당황하는 기색도 없이 각자의 위치를 찾아 이동하기 시작했다.

"디텍트 이블!"

곧바로 정진은 자신들에게 적대적인 존재를 파악하는 마법을 시전했다.

마법은 시전되기 무섭게 정진을 중심으로 동심원을 그리며 퍼져 나갔다.

"음?"

"뭔가 발견했나?"

방어 위치에 자리를 잡은 이정진이 고개를 돌려 물었다.

"네. 전방 2㎞ 정도 떨어진 곳에 사람들이 모여 있습니다."

"혹시 그냥 다른 헌터가 쉬는 건 아니냐?"

김지웅은 약간 불안해하는 기색이었다.

"방금 시전한 마법은 우리에게 적대적인 존재를 확인하는 마법이에요. 그러니 우리를 적대하지 않는다면 파악할 수 없어요."

"음……."

정진의 설명을 들은 김지웅은 물론이고, 주변에 있던 이정진과 다른 멤버들도 살짝 긴장한 듯 보였다.

사냥을 끝내고 돌아오는 헌터에게 적대감을 품는 자들, 게다가 조용히 숨어 있는 자들이 누구를 뜻하는지는 빤했다.

갈가리 찢겨 죽어도 시원치 않을 영원한 헌터의 적.

그들은 몬스터보다 못한, 그저 인간의 형상을 띠고 있는 인간쓰레기일 뿐이었다.

보이는 족족 잡아 죽여야 할 존재였다.

하지만 몬스터 사냥에 특화된 헌터에 비해, 전문적으로 약탈을 일삼는 다크 헌터는 너무도 두려운 존재였다.

아니, 몬스터보다 더욱 상대하기 어려운 존재가 바로 다크 헌터인 것이다.

그 때문에 다크 헌터를 직접 경험한 적이 있는 이정진과 달리, 소문으로만 접한 다른 멤버들은 무거운 긴장감에 억눌려 있었다.

그런 멤버들의 모습을 담담한 표정으로 지켜보던 정진은 조금 걱정이 앞섰다.

자신이 살펴본 바로는, 지금 팀 아케인의 전력이면 자신들을 기다리는 다크 헌터들을 충분히 물리칠 수 있었다.

하지만 이렇게 지나친 긴장감으로 굳어져 있는 상태에선 멤버들이 제 실력을 낼 거라 장담할 수 없었다. 그리고 그 말인즉, 팀 아케인의 안전을 장담할 수 없다는 뜻이었다.

"형들, 너무 걱정하지 마세요. 지금 전방에 숨어 있는 놈들은 열댓 명 정도뿐이니, 지금 저희 전력으로 충분히 상대할 수 있습니다. 제가 형님들에게 제공한 무기는 결코 약한 것들이 아니에요. 거기에 제가 적절히 보조를 한다면 별다른 피해 없이 처리할 수 있어요."

긴장한 형들을 진정시키기 위한 정진의 격려였다.

그런 정진의 노력이 통했을까?

흥분과 긴장감에 잠식되어 있던 멤버들의 표정이 조금씩

풀리기 시작했다.

"그래, 맞아. 우리에겐 정진이 준 아티팩트가 있었지."

이정진은 멤버들의 기운을 돋우기 위해서 일부러 아티팩트란 단어를 강조하였다.

"맞아, 우리의 아티팩트라면 다크 헌터 십여 명 정도는 별거 아니지."

"게다가 정진이가 기습을 미리 알아챈 덕분에 전투가 훨씬 쉬워질 거야."

여기저기서 멤버들의 자신감 넘치는 소리가 터져 나왔다.

"우선 잠시 힘을 회복하기 위해 여기서 쉬었다 가자."

"네!"

"쉬면서 장비 상태도 한 번 더 점검하고."

"네. 만약 저들이 우릴 기습하려 한다면 본때를 보여줄 겁니다."

이정진의 말이 떨어지기 무섭게 멤버들은 각자 자리에 앉아 자신의 무기를 점검해 나갔다.

그렇게 다크 헌터들에게 오히려 한 방 먹여주겠다는 결의에 불타오르는 팀 아케인이었다.

✝   ✝   ✝

휘잉!

달그락.

조용하고 평화로운 관목 숲, 그곳으로 달구지 한 대가 지나가고 있었다.

높이 떠 있던 태양은 어느새 지평선에 걸려 있는 시각.

마치 한가로운 농촌의 풍경과도 비슷한 장면이 연출되고 있지만, 달구지를 끌고 있는 두 사람의 마음은 그것과는 동떨어져 있었다.

언제 숲에서 적이 나타날지 모르기에 나름 긴장을 하고 있는 것이었다.

강현성과 류재욱은 손에서 땀이 흥건하게 배어 나오는 것을 느꼈다.

그러면서도 강현성은 언제든지 왼손에 차고 있는 방패를 전면을 향해 돌릴 수 있도록 만반의 준비를 갖추고 있었다.

류재욱 또한 신호만 떨어지면 등 뒤에 메고 있는 크로스보우를 발사할 수 있도록 대기 중이었다.

덜컹덜컹.

긴장을 해서인지 일행의 이동은 무척이나 느릿느릿하게 이어졌다.

아니나 다를까, 팀 아케인의 달구지를 노려보고 있는 일 단의 존재들이 있었다.

300m쯤 떨어진 관목 숲에 몸을 숨기고 있는 노태 클랜 소속 헌터들.

이들은 혹시나 일이 잘못되었을 때를 대비해 몸에는 그 어떤 표식도 지니고 있지 않았다.

"모두 준비해라. 목표가 100m 안에 들어오면 나간다."

박용식은 조용한 목소리로 부하들에게 최종 지시를 내렸 다.

노태 클랜의 헌터들도 자연 긴장감에 휩싸였다.

아무리 돈을 위해서라지만, 지금 자신들이 하려는 일이 떳떳하지 않다는 것은 잘 알고 있다.

그렇지만 어차피 뉴 어스에서의 일이고, 헌터라면 이런 일을 비일비재하게 여겨야 한다고 스스로를 달래며, 다가오 는 목표를 노려보았다.

박용식 또한 약간 긴장한 상태였다.

그는 다가오는 목표를 망원경으로 살펴보고는 상당히 놀 랐다.

상대는 겨우 여섯 명밖에 되지 않는, 아주 작은 헌팅 팀 이었다.

그런데 지금 달구지에 실려 있는 몬스터 부산물들은 결코 가볍게 넘길 만한 게 아니었다.

아니, 대형 헌팅 팀이나 정규 헌터 클랜의 팀 정도 되어야 가능할 만큼의 엄청난 성과물이었다.

그러한 광경을 본 박용식은 더욱 긴장했다.

비록 자신들의 인원이 두 배 가까이 많지만, 저 엄청난 부산물들을 얻을 정도라면 상대하기가 벅찰 수도 있었기에.

하지만 고민도 잠시. 혹시나 변수가 있을지 모른다는 생각에 따로 준비한 다크 헌터들을 떠올리자 긴장감은 순식간에 사그라들었다.

'뭐, 생각보다 실력들이 좋아 보이기는 하지만, 그들이 있으니 설마 실패할 일은 없겠지.'

박용식은 자꾸만 치밀어 오르는 불안감을 애써 털어내며 각오를 다잡았다.

그러고는 달구지의 후미로 시선을 돌렸다.

자신이 전해 들은 정진의 인상착의와 비슷한 존재가 그곳에서 걸어오는 것이 보였기 때문이다.

시간이 흐르고, 목표가 점점 가까워졌다.

박용식은 물론이고, 노태 클랜 소속 헌터들은 절로 치솟는 긴장감에 마른침을 삼켰다.

꿀꺽.

누군가의 목에서 침 넘어가는 소리가 흘러나왔다.

박용식은 깜짝 놀라 달구지의 상황을 살폈다.

다른 때라면 그리 신경 쓰이지 않을 소리지만, 긴장감 때문에 극도로 예민해진 상태에서 나온 터라 무척이나 크게 느껴졌다.

하지만 이는 지나친 기우일 뿐이었다.

팀 아케인 멤버들은 전혀 눈치채지 못한 듯 여전히 한가로운 걸음으로 다가오고 있을 뿐이었다.

어느덧 정진이 속한 팀 아케인의 달구지는 매복 지역 안까지 들어섰다.

겨우 100m 거리밖에 떨어지지 않은 지점.

박용식은 바로 지금이 적시라고 생각했다.

"공격!"

박용식의 외침이 숲속의 정적을 깨뜨렸다.

"와—!"

명령이 떨어지기 무섭게 우레와 같은 함성이 숲속을 가득 메웠다.

그와 동시에 관목 숲에 숨어 있던 열네 명의 헌터가 일제히 밖으로 뛰쳐나와 달구지를 향해 내달렸다.

동시에 박용식은 품에서 무전기를 꺼냈다.

"너흰 저들이 빠져나가지 못하게 포위를 해라."

— OK. 대장, 약속 잊으면 안 됩니다.

— 그래요. 놈들의 물건 절반은 저희 것입니다.

무전기 너머로 들리는 음침한 목소리.

실패라고는 전혀 염두에도 두지 않은 듯한 다크 헌터들의 말에 박용식은 깊은 신뢰감을 느꼈다.

'노인태 모르게 다크 헌터 조직을 운용한 보람이 있군. 이번 일은 무조건 성공이다.'

박용식은 한쪽 입꼬리를 추켜올리며 사악하게 웃었다.

"알았으니 이번 일이나 재대로 해라."

— 걱정 마십쇼. 약속만 지켜준다면 우리야 당연히 대장의 말에 따르죠. 킬킬.

무전을 마친 박용식은 한결 편안한 마음으로 내달려가는 헌터들을 바라보았다.

그와 동시에 5㎞ 정도 떨어진 곳에서 작은 움직임이 생겨났다.

다크 헌터들의 행동이 시작된 것이다.

하지만 그들에 대해 알고 있는 사람은 지금 이 자리에 박용식을 제외하고는 아무도 없었다.

박용식의 사악한 웃음이 더욱 짙어졌다.

† † †

노태 클랜의 헌터들이 모습을 드러내기 얼마 전.

"디텍트 이블!"

정진은 다시 한 번 탐지 마법을 시전하였다.

그에 따라 우거진 관목 사이에 숨어 있던 이들의 목표가 확실하게 자신들이란 것을 다시 한 번 확인할 수 있었다.

주변의 모든 생물들을 통틀어 전방에 모여 있는 이들에게서 가장 강력한 적대감이 풍겨 나오고 있었다.

심지어는 주변 일정 반경 안에 있는 모든 몬스터들도 근처로 접근하지 않을 정도.

그만큼 전방에 모여 있는 이들의 무력이 상당히 강하다는 뜻이었다.

"전방 200m에서 적들이 곧 행동을 개시할 것 같습니다."

정진은 마법으로 얻어진 정보를 이정진과 팀원들에게 알렸다.

멤버들은 다시금 긴장감을 끌어 올렸다.

이제 조금만 지나면 무력 충돌이 있을 것이다.

다른 일도 아니고, 다크 헌터가 자신들을 노린다는 말에 긴장을 하지 않을 헌터가 어디 있겠는가.

그런데 웃긴 것은 다크 헌터의 습격에 긴장이 되면서도 또 한편으론 그들이 얼마나 강할 것인지 싸워보고 싶은 호승심 또한 솟아나는 것이었다.

"150, 145, 140, 105… 이제 저들이 공격해 올 것 같습니다. 아, 옵니다!"

정진은 길의 양옆, 관목 숲에서 몸을 일으켜 자신들을 향해 달려오는 자들을 보며 외쳤다.

"준비!"

정진의 말이 떨어지기 무섭게 이정진이 지시를 내렸다.

가장 먼저 움직인 것은 강현성이었다.

강현성은 얼른 손잡이를 놓고는 달구지 오른편에 서서 자세를 잡았다.

혹시 모를 원거리 공격에 대비해 방패를 전면으로 세워 들었다.

하지만 어떻게 된 일인지 원거리 공격은 전혀 없었다.

개 떼가 달려드는 것처럼 그저 10여 명의 사람들이 무기를 들고 달려오는 모습만 보일 뿐이었다.

이정진이나 다른 아케인의 멤버들은 고개를 갸웃거렸다.

숨어서 일행을 노리는 자들이 있다는 소리에 다크 헌터를 생각했다.

그런데 정작 맞닥뜨려 보니 다크 헌터라고 보기에는 너무도 허술한 공격이었다.

"저것들, 다크 헌터 맞아요?"

보다 못한 김지웅이 이정진을 돌아보며 물었다.

"글쎄, 어찌 되었든 무기를 들고 뛰어오는 것을 보면 다크 헌터가 맞는 것 같긴 한데……."

이정진 또한 조금 이상하단 생각이 들던 참이었다. 그러나 일단 자신들을 목표로 뛰어오는 이들을 그냥 둘 수는 없었다.

상대가 다크 헌터든 아니든 그건 상관이 없었다.

지금 당장은 생존을 위해 적극적으로 방어 태세를 갖춰야만 했다.

"일단 숫자를 줄일 겸 원거리 무기로 공격한다. 전방 조준!"

그 말에 아티팩트 크로스 보우로 무장한 강진성과 류재욱, 그리고 일반 크로스 보우를 소지한 김지웅이 탱커 강현성의 방패 뒤에 자리를 잡고는 상대를 향해 겨누었다.

이정진은 곧바로 사격 명령을 내리지 않고, 적들이 가까이 올 때까지 침착하게 기다렸다.

물론 아티팩트를 들고 있는 강진성이나 류재욱에겐 충분히 유효사거리지만, 아직 지시가 떨어지지는 않은 상황.

"발사! 맨 앞에서 달려오는 놈들부터 제거한다!"

이윽고 이정진의 명령이 떨어지자 강진성을 필두로 류재욱, 김지웅이 볼트를 발사했다.

이어 가장 선두에서 달려오던 헌터들이 볼트에 직격당했다.

그러나 그게 끝이 아니었다.

강진성과 류재욱의 크로스 보우와 볼트는 정진의 마법으로 인챈트된 아티팩트.

각각 선두의 헌터를 관통했을 뿐만 아니라 그 뒤에서 달리고 있던 헌터에게까지 피해가 미쳤다.

"으악!"

가장 선두에서 달리던 동료의 비명 소리가 터져 나오는 것과 동시에 뒤따라 달리던 헌터 역시 가슴에서 불로 지지는 듯한 통증을 느꼈다.

그러고는 볼트가 동료를 관통할 거라고는 상상도 못했다는 듯 허무한 표정으로 스르르 쓰러졌다.

"윽, 그르륵……."

순식간에 네 명의 헌터가 피거품을 흘려내며 숨을 거두

었다.

하지만 팀 아케인을 목표로 달려가던 노태 클랜 소속 헌터들은 그에 아랑곳하지 않고 더욱 빠르게 돌진해 왔다.

50m, 40m, 30m…….

거리는 순식간에 좁혀져 갔다.

"다음 볼트를 장전할 시간이 없겠는데요?"

류재욱은 자신의 크로스 보우와 달려오는 헌터들을 번갈아 쳐다보며 불안해했다.

아머드 기어 드라이버인 류재욱에겐 크로스 보우 장전이 익숙지 않을 수밖에 없었다.

그때, 바로 옆에서 볼트 하나가 날아가 달려오던 헌터 두 명을 다시금 꿰뚫었다.

강진성이었다.

"걱정 마. 놈들이 달려들기 전에 더 잡을 수 있으니까."

강진성은 원래부터 숙련된 원거리 딜러. 장전 속도에서부터 류재욱과는 비교가 되지 않을 만큼 빨랐다.

어느덧 달려오는 헌터의 숫자는 여덟 명으로 줄어들어 있었다.

20m, 15m, 10m…….

"온다!"

류재욱이 한 걸음 물러서며 큰 소리로 외쳤다. 동시에 가장 선두에 있던 강현성이 자신의 두꺼운 방패를 메이스로 쾅쾅, 두드리며 으름장을 놓았다.

"얼마든지 와라! 실드!"

시동어와 동시에 강현성의 방패에서 가로세로 2m 크기의 반투명한 방어막이 펼쳐졌다.

그 반투명한 방어막은 강현성을 중심으로 일행들을 반원 모양으로 감쌌다.

이제 여덟만 남은 적은 코앞까지 이르러 있었다.

5m, 3m, 1m…….

충돌 직전!

"부딪친다!"

강현성은 방패를 든 팔에 온 힘을 주며 충돌에 대비했다.

부하들에게 명령을 내린 박용식은 뒤늦게 목표를 향해 다가갔다.

그렇게 얼마가 지났을까.

갑자기 앞에서 달려 나간 부하들이 비명을 지르며 쓰러지는 모습이 보였다.

'이게 어떻게 된 거야?'

박용식은 걸음을 멈추고 목표가 있는 곳을 살폈다.

곧 박용식은 팀 아케인의 구성이 자신이 생각하던 것과 다름을 깨달았다.

보통 헌팅 팀의 구성은 몬스터의 시선을 끄는 탱커와 직접적인 대미지를 넣는 근접 딜러, 마지막으로 후방에서 몬스터의 접근을 견제하는 원거리 딜러로 구성되어 있다.

이런 구성은 컴퓨터 게임에 나오는 몬스터 레이드와 비슷하면서도 다른데, 그 차이점은 바로 원거리 딜러의 역할에 있었다.

게임에선 안전한 거리를 확보한 후 극딜을 넣는 원거리 딜러가 많은 비중을 차지하지만, 현실에선 그렇지 않았다.

현실에서의 원거리 딜러는 파워 슈트의 도움을 받을 수 없기에 몬스터에게 강력한 대미지를 줄 수 없었다.

그러다 보니 현실의 몬스터 헌팅에선 원거리 딜러보다는 파워 슈트의 힘을 이용할 수 있는 근거리 딜러의 비중이 더욱 높을 수밖에 없었다.

그런데 지금 팀 아케인은 그런 정석적인 방식을 무시한, 세 명의 원거리 딜러를 둔 구성이었다.

원거리 딜러 세 명 앞에 탱커 한 명이 떡하니 버티고 서 있고, 그 뒤엔 마법사라 알려진 목표가 자리하고 있다.

더불어 무지막지한 그레이트 소드를 들고 있는 근거리 딜러 한 명이 팀원 전체를 커버하듯 적절한 위치에 서 있는 것이 보였다.

그것은 난생처음 보는 팀 구성이었다.

그런데 더욱 이해가 가지 않는 것은 파워 슈트도 입지 않은 원거리 딜러의 공격이 우리 측 헌터의 파워 슈트를 뚫고 치명상을 입히고 있다는 사실이었다.

자신이 알고 있는 바로는 현재 개발된 원거리 무기 중에는 기계로 발사하는 것이 아닌 이상 헌터의 파워 슈트를 파괴할 수 있는 종류가 없었다.

지금 팀 아케인의 무기는 흔히 원거리 딜러들이 사용하는 크로스 보우.

그런 평범한 무기에 자신의 부하들이 속수무책으로 당하고 있는 것이었다.

'안 되겠다.'

박용식은 눈앞에서 벌어지는 현실을 도저히 믿을 수가 없었다.

목표가 속한 팀 아케인을 그저 일반적인 헌팅 팀이라 생각하여 원거리 공격을 고려하지 않고 근거리 딜러들로만 구성을 한 것이 뒤늦게 후회되었다.

하지만 그렇다고 답이 없는 것은 아니었다.

혹시나 만약의 사태에 대비해 준비했던 부하들을 부르면 그만이었다.

박용식은 품에서 무전기를 꺼내 들었다.

"작전을 변경한다! 모두 쓸어버려!"

†　　　†　　　†

터엉!

둔탁한 충격음이 숲속에 메아리쳤다.

강현성은 거대한 방패를 착용한 왼팔로 충격이 전해지는 것을 느꼈다. 하지만 예상한 것보다 훨씬 가벼웠다.

방패에 인챈트된 실드 마법이 충격 대부분을 흡수해 준 덕분이었다. 현성이 방패 너머를 힐끗 보니, 헌터 두 명이 땅바닥에 나뒹굴고 있었다.

핑! 피유웅!

그 틈을 놓칠세라 강진성과 류재욱의 볼트가 쓰러진 헌터들을 향해 발사되었다.

"으악!"

놈들이 끝장나는 것을 확인할 틈도 없이 강현성은 다음 상대를 찾아 주위를 살폈다.

그리 멀지 않은 곳에서 뒤늦게 달려오는 헌터들이 보였다.

"현성아, 차지 준비해! 방향은 정면!"

이정진의 시의적절한 명령에 강현성은 고개를 끄덕이며 거대한 방패를 두 팔로 받치고 전방을 향해 약진할 준비를 했다.

"진성이와 재욱이는 안전한 후방으로 쭉 빠지고!"

이정진은 자신의 풍부한 경험을 살려 빠르게 상황을 판단해서 팀의 진영을 재구성해 나갔다.

"지웅이는 크로스 보우 버리고 바스타드 소드 들어! 현성이가 차지하고 나면 후방을 엄호해 줘! 현성이는 내가 엄호한다!"

팀 아케인은 마치 한 몸이라도 된 듯 일사불란하게 움직였다.

약진 준비를 마친 강현성이 고개를 돌려 이진성의 사인을 기다리던 찰나.

"현성아, 지금이야!"

"으아아아아아!"

거대한 기합성과 함께 강현성의 거대한 방패, 반투명한 방어막이 정면을 향해 돌진해 나갔다. 인챈트가 걸려 있는 상태라 방패는 종잇장만큼이나 가볍게 느껴질 터였다.

반면, 방패와 부딪친 적들은 강철로 만든 벽에 압사당하는 느낌을 받을 것이었다.

강현성의 돌격 속도가 최고점에 다다르는 순간.

콰아앙!

엄청난 충격음과 함께 방패에 정통으로 부딪친 헌터 두 명이 뒤로 솟구쳐 날아갔다. 그 거리가 족히 10m는 될 듯했다.

놈들은 쓰러진 채로 땅바닥 위에서 꿈틀거리다가 이내 움직임을 멈췄다. 온몸의 뼈와 내장이 파열되어 즉사한 것이다.

차지를 끝마치고 잠깐 동안 무방비 상태가 된 현성의 엄호는 바로 이정진의 몫이었다.

"파워 업!"

육중한 그레이트 소드가 순식간에 깃털처럼 가벼워지는 순간이었다.

이정진은 마치 젓가락을 다루듯 가볍고도 빠르게 검을 휘둘렀다. 이정진의 움직임은 바람처럼 날랬다.

이정진은 무방비 상태의 강현성에게 달려드는 헌터 한 명의 목을 나뭇잎 베어내듯 깔끔하게 잘라 버렸다.

뒤늦게 자세를 갖춘 강현성이 이정진을 향해 감사의 눈짓을 보냈다.

이정진 또한 고개를 끄덕여 거기에 응답했다. 그러고는 다음 상대를 찾아 주변을 둘러보기 시작했다.

마침 두 사람을 지나쳐 후방을 공격하는 세 명의 헌터가 눈에 들어왔다.

이정진은 현성을 바라보며 가볍게 턱짓했다. 후방을 도와주자는 의미였다. 강현성이 고개를 끄덕이자, 둘은 누가 먼저랄 것도 없이 후방을 향해 내달리기 시작했다.

"재욱아, 조심해!"

핑!

"으악!"

강진성이 쏜 볼트가 헌터 한 놈의 이마에 정확히 박혔다. 류재욱은 바로 눈앞에서 쓰러지는 헌터를 보며 가슴을 쓸어내렸다. 강진성의 도움이 없었다면 꼼짝없이 칼을 맞을 상황이었다.

"고마워!"

헌터 프론티어

그러고는 재빨리 뒤로 물러났다.

마지막 남은 헌터 두 명이 잠시 머뭇거리더니, 마음을 굳힌 듯 검을 치켜들며 강진성과 류재욱에게 갑자기 달려들었다.

이번에는 강진성과 류재욱 모두 볼트 장전이 되어 있지 않아 위험한 상태였다.

그때, 김지웅이 둘 앞을 가로막아 섰다.

"내 뒤로 숨어! 헤이스트!"

츠츠츠츠!

김지웅이 들고 있는 바스타드 소드에서 반투명한 기운이 흘러나오더니, 곧 온몸을 휘감았다.

김지웅은 마치 날아갈 듯이 가벼운 육체의 감각에 상쾌한 기분까지 들었다.

김지웅은 달려드는 헌터 중 한 놈의 목을 나뭇잎 잘라내 듯 그대로 깔끔하게 베어버렸다. 그런 후, 다시 기본 방어 자세를 취할 때까지의 모습은 빠르고 완벽했다.

헌터는 자신의 목이 잘린 줄도 모른 채 한참을 멍하니 서 있다가 스르르 무너지듯 쓰러졌다.

이제 남은 것은 마지막 한 명.

김지웅은 놈을 향해 휙 고개를 돌렸다.

이미 생을 포기한 듯 검을 치켜세우고 달려드는 헌터.

김지웅은 마지막 일격을 날리기 위해 바스타드 소드를 힘주어 잡아당겼다.

"어? 으어어어어어—!"

한데 갑자기 달려들던 헌터가 극심한 경련을 일으키며 쓰러졌다. 검을 치켜세우고 있는 자세 그대로였다.

쓰러지고 나서도 헌터는 사시나무 떨 듯 온몸을 경련했다. 눈알이 뒤집혀 흰자위가 보이고, 입에는 거품을 물었다.

김지웅이 어리둥절하고 있을 때, 강현성이 거대한 방패를 등에 짊어지고 다가왔다. 한껏 여유로운 기색이었다.

"일렉트릭 쇼크, 괜찮은데?"

뒤에서 강현성이 헌터를 향해 메이스를 던진 것이었다. 메이스에 인챈트되어 있는 일렉트릭 쇼크가 헌터를 마비시켰음을 뒤늦게 깨달은 김지웅이었다.

메이스를 주워 들고는 방긋거리며 만족스러워하는 동갑내기 강현성을 보며 김지웅은 자신도 모르게 피식 웃어버렸다.

"후우, 다 끝난 건가?"

강진성이 헌터들의 시체에 꽂힌 볼트들을 회수하며 말했다.

주변에 나뒹구는 열세 구의 시신.

다크 헌터치고는 쉬운 상대였다.

모두가 습격의 긴장에서 벗어나려는 순간, 뒤에서 가만히 귀를 기울이고 있던 정진이 큰 소리로 외쳤다.

"잠깐! 아직입니다. 또 옵니다!"

"뭐?"

뒷수습을 하고 있던 이정진이 깜짝 놀라며 정진을 돌아보았다.

"잘 들어보세요. 아무래도 저들이 아머드 기어까지 준비를 한 것 같아요."

정진은 저 멀리서 빠르게 접근을 하는 아머드 기어의 움직임을 포착하여 팀원들에게 서둘러 경고했다.

자연 팀 아케인 멤버들은 모두가 심각한 표정이 되었다.

갑자기 아머드 기어라니.

모두가 입을 다문 채 조용히 귀를 기울였다.

쿵쾅, 쿵쾅…….

실제로 저 멀리서 무언가 무거운 물체가 뛰어오는 듯한 소음이 작지만 또렷하게 들려왔다.

커다란 몬스터가 뛰어오는 소음과는 다른, 무척이나 투박하고 둔중한 소리였다.

"진짜 아머드 기어예요!"

그렇게 소리친 것은 다름 아닌 류재욱이었다.

아머드 기어 드라이버인 류재욱에겐 수만 번도 더 들어온, 익숙한 소리.

저 둔중한 소리는 아머드 기어의 발소리가 틀림없었다.

팀 아케인 멤버들이 아머드 기어의 등장에 놀라고 있을 때, 정진은 접근하는 아머드 기어를 보고 있지 않았다.

현재 정진이 보고 있는 것은 저 멀리에서 자신들을 지켜보고 있는 박용식이었다.

헌터들이 자신들을 습격해 올 때, 뒤에 남은 박용식을 정진은 놓치지 않았다. 또한 박용식이 누군가를 부르는 소리를 똑똑히 들었다.

그랬기에 탐지 마법의 범위 밖에서 접근해 오는 아머드 기어를 포착할 수 있었다.

정진은 적이 또 어떤 것을 준비하고 있는지 알아내기 위해 계속해서 박용식을 주시하였다.

하지만 더 이상의 수는 없어 보였다.

'지금 접근하는 아머드 기어가 전부인가?'

아머드 기어가 나타난 후 더 이상 박용식에서 다른 변화가 없자, 정진은 아머드 기어에 집중해 그것들을 살폈다.

원거리 투시 마법인 리모트 뷰잉을 시전하자 자신들이 있는 곳으로 접근해 오는 아머드 기어를 유심히 파악할 수 있었다.

이내 정진은 그 아머드 기어들이 전에 자신이 보았던 기종임을 알아볼 수 있었다.

그것은 일본 미쓰비 중공업에서 생산하는 2세대 아머드 기어인 무사시 Ⅱ였다.

게다가 그 수는 무려 넷.

검게 칠한 무사시 Ⅱ 네 기가 나무 그늘을 통과해 달려오는 그 모습은 마치 숲의 사냥꾼인 오우거를 연상케 했다.

물론 너무도 투박해 오우거처럼 민첩한 움직임을 보이진 않았다.

하지만 오우거보다 훨씬 무거운 중량을 가지고 있기 때문에 전해지는 위압감은 훨씬 컸다.

조금 전 습격을 막아낸 것에 고무되었던 기분도 잠시, 아머드 기어 네 기가 자신들을 향해 접근한다는 말을 듣게 되자 이정진을 비롯한 팀 아케인 멤버들은 다시 긴장감에 빠져들었다.

아니, 조금 전과는 다르게 절망감까지 느껴질 정도였다.

아무리 자신들이 아티팩트를 가지고 있다지만, 아머드 기어와는 그 전력 차가 너무도 심했다. 게다가 한 기도 아닌 네 기라는 점이 그들을 절망감에 빠뜨렸다. 전의를 잃은 것이었다.

낙담하는 팀원들의 모습에 정진은 황급히 팀장인 이정진을 불렀다.

"형님, 우선 저기, 저놈부터 잡아야 합니다!"

"누구?"

"제가 쭉 지켜보니, 저기 서 있는 놈이 이번 습격 사건의 우두머리 같아요."

이정진은 정진이 가리키는 곳에 홀로 서 있는 한 남자를 보았다. 박용식이었다.

"음, 알았다. 지웅이하고 재욱이는 기회를 엿봐서 저기 있는 저자를 잡아라. 그리고 현성이는 저기 기절한 놈 묶고."

메이스에 맞아 기절한 남자가 강현성의 손에 꽁꽁 묶이는 것을 보며 이정진은 깊은 고뇌에 빠졌다.

무사시 Ⅱ 네 기는 어느덧 모습을 드러내 팀 아케인을 향해 다가오고 있었다.

이정진은 자신들을 향해 천천히 접근하는 아머드 기어들을 보며 어금니를 악물었다.

눈앞의 아머드 기어를 어떻게 상대해야 할지 도무지 판단이 서지 않았다.

Chapter 2
아머드 기어와의 전투

한가하던 신림동 게이트가 갑자기 소란스러워졌다.

그 원인은 다름 아닌 노태 클랜의 전 사장인 노인태였다.

규모 문제 탓에 아머드 기어와 같은 대형 장비가 게이트를 통과하기 위해서는 사전에 신고를 마쳐야만 했다.

하지만 노인태는 그런 규정을 무시한 채 아머드 기어 네기를 가지고 나타나 게이트 통과를 요구한 것이다.

"아무리 노태 클랜의 사장님이시더라도 안 되는 일은 안 되는 법입니다."

"이게…… 너 지금 내가 누군 줄 알고 이러는 거야? 네 상관 나오라고 해! 책임자 누구야!"

규정을 내세우며 한사코 거부하는 헌터 협회 게이트 관리 담당자와, 이미 정진을 죽이겠다는 일념하에 모든 정신이 쏠린 노인태의 대화는 이렇듯 의미 없이 평행선만을 달리고 있었다.

게이트 근처에서 차원 이동을 준비 중이던 다른 클랜과 헌터들이 손가락질하는 줄도 모르고, 노인태는 그저 막무가내로 우겨 댈 뿐이었다.

"무슨 일이십니까?"

한참 노인태가 고성을 지르고 있을 때, 그의 뒤로 한 사람이 다가와 물었다.

"넌 뭐야?"

"헌터 협회 소속, 게이트 관리부 제1게이트 담당 모중호 과장이라 합니다. 무슨 일이시죠?"

모중호 과장은 게이트 근처에서 누군가가 진상을 떨고 있다는 보고에 밖으로 나온 참이었다.

그런데 마침 헌터 협회 직원을 상대로 고함을 지르고 있는 인물을 보고 얼른 다가왔다.

"아, 당신이 책임자인가? 난 노태 클랜의 노인태 사장이네. 지금 급한 일이 있어 아머드 기어 네 기를 가져가야 하는데, 이 사람이 융통성 없이 규정만 떠들어 대잖아!"

"그런 일이 있으십니까? 그런데 노태 클랜 같은 대형 클랜의 사장님이시면 협회 게이트 관리 규정 또한 잘 알고 계실 것이라 판단되는데, 이렇게 막무가내로 일을 처리하시면 안 되지 않겠습니까?"

모중호 과장이 차분한 어조로 조목조목 따져 들자 노인태는 흥분을 가라앉혔다.

"그러니까, 내가 급한 일이라고 하지 않습니까?"

조금 전에야 급하고 경황이 없어 윽박지르기는 했지만, 헌터 협회의 과장 정도면 노인태라 해도 쉽게 무시할 수 없었다.

더욱이 다른 부서도 아니고, 게이트를 관리하는 부서의 과장이었다.

게다가 자신이 노태 클랜의 사장이라고 말을 했지만, 엄밀히 따지자면 그는 현재 직위 해제를 당해 무직인 상태였다.

내부 사정을 모르는 이들에게는 아직 그 사실이 알려지지 않았을 것이라 판단해 성질대로 굴었지만, 과장급의 경우에는 혹시라도 소문을 들었을지도 모른다는 걱정에 조심해야겠다고 생각한 것이다.

만약 사장의 지위를 유지하고 있었다면 노인태는 다르게

행동했을 것이지만, 현재로선 문제를 더 이상 키워선 안 된다는 생각에 일단은 한발 물러나기로 마음먹었다.

"아, 지금 생각났네요. 모 과장님이셨군요. 과장님께서 알지 모르겠지만, 현재 헌터 협회와 저희 노태 클랜, 그리고 노태 그룹에서 총력을 기울여 제3쉘터 구축 프로젝트를 진행하고 있습니다."

"예. 저도 그 프로젝트에 대해 잘 알고 있습니다. 그러고 보니 노태 클랜에서 이번에 발굴했던 던전을 쉘터로 만든다고……."

"맞습니다. 그런데 그곳을 가기 위해선 뉴 서울 북쪽에 위치한 영원의 숲을 통과해야 합니다."

"음……."

"모 과장님도 아시다시피, 영원의 숲은 다른 이름으로 몬스터의 숲이라고 불린다지요?"

노인태는 내심 자신의 언변에 만족스러워했다. 헌터 협회와 노태 클랜이 벌이고 있는 사업에 대해 설명하며, 아머드 기어를 가져가는 것은 그 프로젝트의 안전한 진행을 위한 일이라고 포장한 것이다.

자세한 내용을 알지는 못하지만 제3쉘터 건설 프로젝트가 대한민국에 있어 얼마나 중요한 프로젝트인지 모중호 또

한 잘 알고 있었다.

헌터 협회가 주관하는 프로젝트인 만큼 규정에 어긋나더라도 어느 정도 편의를 봐주는 것이 관례이기도 했다.

모중호는 잠시 고민하다가 결국 용인하기로 결정을 내렸다.

"그런 일이라 하시니 일단 허락하겠습니다. 다만, 다음부턴 규정대로 사전에 접수를 해주시기 바랍니다. 그래야 저희도 게이트를 안정적으로 관리할 수 있으니 말입니다."

한바탕 소란이 끝나고 게이트 입구를 막고 있던 바리케이드가 치워졌다. 그러고는 트레일러에 실려 있던 아머드 기어가 게이트를 통과하기 시작했다.

그러자 게이트 입구에서는 다시금 작은 소란이 일었다.

게이트를 통과하기 위해 기다리고 있던 헌터나 헌터 클랜의 사냥 팀이 불만을 제기한 탓이었다.

아머드 기어와 같은 대형 물체가 게이트를 통과하게 되면 한동안 에너지가 불안정해져 자칫 다른 이들을 위험에 빠뜨릴 수 있다.

그런 탓에 한동안 게이트 운행을 중단하는 일은 필수였다.

그러나 헌터들이나 헌터 클랜에게는 시간이 곧 돈인 법.

이들에게 시간이 지체된다는 것은 바닥에 돈을 버리는 일이나 다름없었다.

갑자기 튀어나온 노인태의 진상 짓으로 신청한 것보다 늦게 게이트를 이용하게 되었으니 자연 불만이 터져 나올 수밖에 없는 것이다.

하지만 노태 클랜의 사장이라는 권위에 눌려 물리적인 행동으로 이어지지는 못했다.

결국 소란은 금세 가라앉고, 노태 클랜의 아머드 기어는 아무런 제지 없이 우선적으로 게이트를 통과하게 되었다.

그러는 한편, 노인태는 얼른 이번 일을 마무리 지어야 할 필요성을 느꼈다.

정진과 얽힌 일을 빨리 처리해야 자신을 무시하는 두 형들의 문제도 해결할 수 있기 때문이었다.

신동민은 대장의 호출에 대기를 풀고 급히 뛰어갔다.

'제길, 아머드 기어도 없는 소규모 몬스터 헌팅 팀 하나제대로 처리 못해 우릴 부르는 거야?'

아머드 기어를 타고 급히 뛰어가는 것이 사실 마냥 편한 기분은 아니었다.

조종석에 자이로 장치가 되어 있다고는 하지만, 아머드 기어가 달릴 때 발생하는 충격이 원체 상당해서 드라이버의 몸에 심한 무리를 주기 때문이었다.

그런 탓에 아머드 기어 드라이버는 장시간 아머드 기어를 운용할 수 없었다.

신동민 역시 마찬가지였다. 짧은 전투는 상관없지만, 지금처럼 먼 거리를 급하게 달리는 것은 꺼려할 수밖에 없는 일이었다.

하지만 지금은 어쩔 수 없는 상황.

급히 자신들을 찾는 것만 봐도 뭔가 돌발 상황이 발생한 것이 분명했다.

위험을 무릅쓰고 뉴 서울 근교까지 나왔는데, 먹이를 놓친다면 지금 달리는 것 이상으로 피곤한 일이 벌어지게 될 것이 분명했다.

쿵쿵! 콰드득!

"제길, 걸리적거리는 게 뭐 이리 많아?"

관목 숲이다 보니 조금만 달려도 우거진 나무들이 그의 앞을 가로막았다.

짜증이 난 신동민은 앞을 가로막는 나무를 모조리 쓰러뜨리며 달리기를 계속했다.

그렇게 얼마나 달렸을까.

모니터 위로 타깃의 모습이 나타났다.

커다란 수레에 가득 담겨 있는 몬스터 부산물이 눈에 들어오자, 지금까지 힘들게 달리며 쌓인 피로감이 봄눈 녹듯 사라졌다. 이번 일을 마치면 눈앞의 부산물들은 모두 자신들의 몫이 될 터였다.

"기다려라!"

한껏 들뜬 신동민이 큰 소리로 외쳤다. 그러고는 근처에 도착했을 자신의 동료에게 무전을 날렸다.

"여긴 신동! 목표에 곧 도착한다."

— 여긴 봉봉! 알겠다. 나도 곧 도착한다.

— 걸신이다. OK! 난 좀 걸릴 것 같다.

— 킹조다. 도착하는 즉시 시작한다. 대장의 지시다. 목격자 없다. 다시 말한다. 목격자는 없다.

"OK, 접수했다."

조장인 킹조의 말은 신동민을 더욱 신나게 했다. 목격자도 없고, 지체 없이 바로 작업을 시작할 수 있다. 일을 빠르고 깔끔하게 처리할수록 자신들에겐 좋은 일이었다.

'대장이란 녀석, 화끈하군.'

자신들을 부른 박용식이 노태 클랜에 소속된 헌터란 사실은 이미 알고 있는 바였다.

하지만 신경 쓸 문제는 아니었다.

이번 일만 끝나면 어차피 자신과는 상관도 없는 존재였기에.

"목표, 타격하겠다."

신동민은 짤막하게 보고를 날리고는 팀 아케인이 있는 전투 현장으로 뛰어들었다.

†   †   †

"아머드 기어다! 준비해!"

이정진이 큰 소리로 외쳤다.

뒤에 물러나 있던 류재욱과 강진성은 크로스 보우에 볼트를 장전시키면서도 표정이 어두웠다.

아무리 아티팩트로 무장을 했다고는 하지만, 아머드 기어를 상대할 수 있을지는 아직 확신할 수 없었다.

그렇게 팀 아케인 멤버들은 각자의 자리를 고수하며 곧 벌어질 전투에 대비했다.

최후방에서 상황을 지켜보던 정진은 이번엔 자신이 나서

지 않으면 위험에 빠질 수도 있겠다고 판단했다.

행동은 빨랐다.

판단을 마친 정진은 이내 정신을 집중하여 시동어를 외웠다.

"깊고 깊은 절망의 늪, 딥 스웜프(Deep Swamp)!"

그러고는 선두로 달려오는 아머드 기어를 향해 완드를 휘둘렀다.

그러자 완드의 황금빛 코어가 밝고 강하게 빛났다. 빛은 점차 밝아지다가 어느 순간이 되자 갑자기 소멸되었다.

쏘아져 나가는 마법도, 심지어 아무런 효과음조차 없었다.

강진성과 류재욱이 고개를 갸웃거렸다.

평소 정진이 시전하던 마법과는 조금 달랐기 때문이다.

정진이 몬스터를 잡기 위해 마법을 시전할 때면 요란한 효과음이 대기를 울리며 그 존재감을 확실하게 드러냈는데, 지금은 그저 완드의 코어 부분만 밝게 빛날 뿐 아무 일도 일어나지 않은 것이다.

그런 까닭에 두 사람은 더욱 불안해졌다.

아머드 기어의 등장에 정진이 당황하여 마법 시전에 실패했다고 생각한 것이었다.

하지만 사실 정진이 방금 전에 시전한 마법은 제대로 펼쳐졌다.

다만, 그것이 평상시에 시전하던 공격형 마법이 아니라서 드러난 결과가 다를 뿐.

아머드 기어의 돌진을 방해하기 위해 마법으로 커다란 늪을 생성한 것이었다.

팀 아케인 멤버들로서는 늪지대가 서서히 형성되고 있다는 걸 전혀 눈치채지 못했으니 의문을 품는 것은 어찌 보면 당연한 일이었다.

그리고 그건 신동민 또한 마찬가지였다.

자신을 향해 짧은 막대를 들고 뭐라고 중얼거리는 모습이 모니터에 포착되었을 때, 신동민은 살짝 고개를 갸웃거렸다.

그러다가 곧 막대 끝이 밝은 빛에 휩싸이자 깜짝 놀랐다.

새로 나온 신무기라 여긴 것이다.

사실 아머드 기어 드라이버인 신동민에게도 두려워하는 것은 있었다.

아머드 기어를 상대하기 위해 개발된 신무기.

처음 아머드 기어가 개발되었을 때, 몬스터 헌팅에 새로운 지평이 열렸지만, 그와 동시에 다크 헌터 세계에도 새로운 패러다임이 형성됐다.

아머드 기어를 통해 다크 헌터도 보다 안전하게 약탈을 할 수 있게 된 것이었다.

새로운 세상에 적응하지 못하는 자는 도태되는 법.

다크 헌터들은 시대의 흐름에 빠르게 적응했다.

아머드 기어의 필요성을 깨닫고 많은 자본을 투자해 아머드 기어를 구입해 나갔다.

기업의 후원을 받지 못하는 일반 헌터들은 큰 부담감을 느껴 값비싼 아머드 기어 구입을 망설였지만, 다크 헌터들은 무리를 하면서까지 과감하게 투자를 한 것이다.

그 이후에 벌어진 결과는 불 보듯 빤했다.

많은 헌터들이 아머드 기어를 운용하는 다크 헌터들에게 목숨을 잃고 약탈을 당했다.

결국 일반 헌터들 입장에서 그에 대비책의 필요성이 제기되었고, 그렇게 해서 나온 것이 아머드 기어를 상대할 수 있는 신무기 개발 연구였다.

아머드 기어를 생산할 만한 기술이 없는 기업들이 아머드 기어에 맞설 수 있도록 효율적인 신무기를 개발한 것이었다.

한 가지 예로, 아머드 기어의 동력원을 망가뜨리는 에너지 건 등이 있다.

그런 탓에 신동민도 처음에 막대의 끝이 밝게 빛나는 것을 보고는 에너지 건이라 착각했다.

그러나 빛이 사라지고 나서도 아무런 일이 일어나지 않는 것을 보고는 위협적이지 않다고 판단해 버린 것이었다.

'불량품인가 보군.'

신동민은 피식 웃으며 아무런 망설임 없이 더욱 빠르게 달렸다.

그 순간, 신동민은 갑자기 발밑이 허전해지는 것을 느끼고는 깜짝 놀랐다.

"억?"

갑자기 앞으로 내디딘 발이 땅속으로 푹 꺼지면서 꼼짝없이 지면에 박혀 버린 것이었다.

전속력으로 달려 나가다가 두 발이 땅속에 고정되니, 당연히 아머드 기어의 상체는 그대로 앞으로 고꾸라질 수밖에 없었다.

쿵!

거대한 충격음과 함께 땅 위에 엎어진 아머드 기어.

신동민으로서는 무슨 일이 일어난 건지 인지할 틈조차 없었다.

아머드 기어의 몸체가 점점 땅속으로 빨려 들어가기 시작한 것이었다.

'뭐야, 늪지대인가?'

순식간에 다리가 잠기고, 허리와 가슴판이 땅속으로 잠긴 상황.

당황한 신동민은 본능적으로 두 팔로 땅을 짚고 힘껏 앞으로 밀었다.

서둘러 몸을 빼내기 위함이었다.

하지만 정진도 가만히 두고 보지만은 않았다.

아머드 기어가 늪 속 깊이 빠져드는 모습을 보고는 다시금 마법을 시전했다.

이번에 펼친 것은 '딥 스웜프'을 취소하는 마법이었다.

"캔슬레이션(Cancelation)!"

그러자 아머드 기어를 집어삼킨 늪이 순식간에 단단한 땅으로 되돌아왔다.

당연하게도 허우적거리던 아머드 기어는 그대로 갇혀 버린 꼴이 되었다.

신동민은 더욱 당황했다.

늪에서 빠져나오기 위해 내짚은 두 팔이 땅속 깊숙이 박혀 오히려 벗어나기가 더욱 힘들어졌기 때문이다.

신동민은 땅속에 꼼짝없이 갇히게 되자 모든 것을 포기하고 고개를 내저었다.

아머드 기어 네 기 중 하나를 손쉽게 처리한 정진은 또 다른 방향에서 접근해 오는 아머드 기어들을 향해 다시 한 번 마법을 시전하였다.

"딥 스웜프! 딥 스웜프! 딥 스웜프!"

세 방향에서 동시에 달려들던 아머드 기어들 앞으로 스르륵 늪지대가 형성되고 있었다.

— 조심해라! 놈이 요상한 마술을 쓰고 있다!

"알았다."

봉봉이란 코드명을 쓰는 봉봉일은 방금 전 신동민이 어떻게 당하는지 보지 못했기에 그의 경고를 새겨들었다.

"엇?"

갑자기 푹 꺼지는 바닥.

신동민의 경고에 조심한다고는 했지만, 설마 땅이 꺼지는 상황이 발생하리라고는 짐작도 못 한 봉봉일은 크게 당황했다.

하지만 어느 정도 경계를 하며 천천히 달리고 있었기에 늪에 빠지면서도 앞으로 엎어지지 않고 금방 중심을 잡을 수 있었다.

하지만 선 채로 늪 속에 잠겨드는 것은 어찌할 수 없었다.

순식간에 아머드 기어의 허리까지 빠져들었다. 그러나 그 이상 빠져들지는 않았다. 대략적으로 계산했을 때, 늪의 깊이는 총 2m 정도인 듯했다.

"신동이 당한 이유가 이것 때문이군. 걸신, 킹조! 바닥을 조심해라!"

— 알겠다. 정보 고맙다.

— OK!

늪에 빠지기는 했지만 별다른 위협이 없다는 것을 파악한 봉봉일은 늪에서 벗어나기 위해 움직였다.

허리 정도 깊이인데다 그리 넓지도 않은 늪.

천천히 힘주어 걸으면 자력으로 충분히 빠져나갈 수 있어 보였다.

침착하게 늪의 가장자리까지 걸어간 봉봉일이 땅에 손을 짚은 순간, 갑자기 하반신이 딱딱하게 고정되는 것이 느껴졌다.

신동민이 그랬듯, 그 역시 마법 취소와 함께 늪이 딱딱하게 굳어버렸기 때문이다.

그나마 늪의 가장자리까지 걸어 나온 덕분에 허벅지 정도까지만 굳어버린 상황이었다.

"나도 땅에 박혀 버렸다. 시간은 좀 걸리겠지만, 스스로 빠져나올 순 있을 것 같다."

봉봉일은 자신의 상태를 바로 동료에게 무전으로 알렸다.

― 음, 알겠다. 빨리 빠져나와 신동을 도와주기 바란다. 신동은 몸 전체가 땅속에 박혀 자력으로 빠져나올 수 없다고 한다.

"그렇게 하지."

무전을 마친 봉봉일은 아머드 기어의 하체를 붙잡고 있는 땅에서 빠져나오기 위해 허리 주변의 흙을 파내기 시작했다.

그 작업은 결코 쉽지 않았다.

― 무전 들었지? 봉봉마저 적의 계략에 당했다. 다행히 신동보단 상태가 양호하니 빠져나올 순 있을 것이다. 그사이 다른 술수를 쓰지 못하게 우리 둘이서 타깃을 처리한다.

"알겠다. 너도 조심해라. 또 어떤 짓을 할지 모르니 경계를 늦추지 말자."

─ OK. 아무래도 타깃에겐 아티팩트가 있는 것 같지만… 뭐, 상관없겠지. 아무리 아티팩트라 해도 아머드 기어를 타고 있는 우리를 이길 수는 없을 거다.

"당연한 소리. 아머드 기어를 이길 수 있는 것은 같은 아머드 기어나 상급의 몬스터뿐이다."

걸신(주성지)은 조장인 킹조(김조한)와 무전을 주고받으며 자신감을 회복했다.

이미 신동민과 봉봉일의 경고를 받았기에 두 사람은 정진이 시전한 '딥 스웜프' 마법을 아슬아슬하게 피할 수 있었다.

발밑의 함정을 조심하며 어느새 타깃 앞에 도착한 주성지와 김조한.

그들의 앞을 커다란 방패를 든 탱커 한 명이 가로막고 있었다.

주성지와 김조한은 가소롭다는 듯이 웃어 보이고는, 아머드 기어용 대검을 주저 없이 휘둘렀다.

쾅!

"아니?"

─ 공격이 막혔어?

주성지와 김조한은 충격을 받아 순간적으로 혼란에 휩싸

였다.

5등급의 고위 헌터는 물론이고, 설령 아머드 기어조차도 자신들의 공격을 정면으로 막아낸 적은 없었다.

그런데 헌터의 기본 장비라 할 수 있는 파워 슈트도 착용하지 않은, 그저 방패 하나만 달랑 들고 있는 탱커 한 명이 두 사람의 동시 공격을 막아낸 것이다.

방패를 든 탱커는 살짝 비틀거리기만 할 뿐, 여전히 거대한 벽처럼 꿋꿋이 버티고 서 있었다.

오히려 대검을 휘두른 주성지와 김조한의 팔만 찌릿찌릿했다.

두 아머드 기어의 공격이 현성의 방패에 튕겨져 나가는 순간, 그 빈틈을 정진은 놓치지 않았다.

"차가운 대기의 숨결, 아이스 포그(Ice Fog)!"

마법이 시전되자 정진의 앞으로 하얀 연기구름이 피어올랐다.

연기구름은 피어오르기 무섭게 멈춰 있던 주성지와 김조한의 아머드 기어를 감쌌다.

그런 후, 순식간에 아머드 기어 두 기를 얼려 버렸다.

"어서 피하세요!"

정진의 경고에 이정진은 퍼뜩 정신을 차리고는 서둘러 명령을 내렸다.

"놈들과 거리를 벌려라!"

솔직히 자신들이 아티팩트를 들고 있기는 해도 아머드 기어를 상대로 큰 효과를 볼 수 없다는 사실은 분명했다.

여러모로 살펴봐도 직접적인 접촉은 피하는 것이 상책이었다.

팀 아케인 멤버들이 뒤로 물러나는 것을 확인한 정진은 다시 마법을 펼쳤다.

"부정한 것을 정화하는 하늘의 사슬, 체인 라이트닝(Chain Lightning)!"

화려한 전격 마법이 얼어붙은 두 기의 아머드 기어 위로 작렬했다.

그 위력은 곧 여실히 드러났다.

파지직! 파지직!

아이스 포그로 생성된 하얀 안개구름이 체인 라이트닝의 전격 효과와 결합되어 격렬한 반응을 보였다.

철컹! 쿵!

파지직! 파지직!

하얀 안개구름 사이로 비쳐지는 전격의 모습은 무척이나 신비로우면서도 두렵게 느껴졌다.

그렇게 1분여간 계속해서 안개 속을 휘돌며 전격은 그 힘을 펼쳤다.

현재 정진이 사용할 수 있는 5클래스 최고의 공격 마법.

그리고 체인 라이트닝과 아이스 포그의 궁합이 뛰어나다는 것을 이미 확인한 정진이었다.

그럼에도 정진은 긴장된 마음으로 그 결과를 지켜보았다.

숲의 사냥꾼이라 불리는 오우거도 즉사시킬 수 있는 마법이지만, 아머드 기어는 쇠로 된 기계인 탓에 결과를 장담할수가 없던 것이다.

그그긍! 쿵!

시간이 흘러 안개가 걷히며 아머드 기어의 모습이 보이기시작했다.

'효과가 없는 건가?'

검게 도색한 외장이 체인 라이트닝에 그을린 것을 제외하면 멀쩡해 보이는 아머드 기어였다.

'역시 아머드 기어인가……'

허연 김을 모락모락 뿜어내던 아머드 기어 중 한 기가 다시 천천히 움직이기 시작했다.

기대를 저버린 결과에 정진은 눈살을 찌푸렸다.

3클래스의 딥 스웜프 마법을 연달아 펼치고, 거기에 아이스 포그와 자신이 펼칠 수 있는 최대 클래스 마법인 5클래스의 체인 라이트닝까지 시전했다.

그 때문에 현재 정진의 마나 보유량은 거의 바닥을 드러내는 상황이었다.

만약 뒤에서 아직 정신 차리지 못한 채 멈춰 있는 아머드 기어 한 기까지 합세한다면, 팀 아케인의 안전을 보장할 수 없을지도 몰랐다.

"형들, 준비하세요. 현재 제가 쓸 수 있는 마법 시전 횟수는 이제 많아야 두세 번이에요. 그것도 방금 전처럼 큰 마법을 사용하면 더 줄어들 거예요."

정진은 덧붙여 말했다.

"그리고 만약… 제가 마법을 시전할 수 없게 되면 모두 도망치세요! 제가 시간을 벌 테니까!"

그 말을 들은 팀 아케인 멤버들의 얼굴이 딱딱하게 굳었다.

"박 부장은 어디 있나?"

우여곡절 끝에 게이트를 통과한 노인태는 가장 먼저 뉴

서울 지부에 들러 박용식 부장의 위치를 물었다.

"예. 이틀 전에 헌터 열네 명을 데리고 흰머리산으로 나갔습니다."

"그래? 흰머리산이라고? 그럼 쉘터 공사 현장으로 갔다는 말인가?"

"아닙니다. 무엇 때문인지 모르겠지만, 며칠간 개인적인 볼일을 마친 뒤에 합류한다고 했습니다."

노인태는 작게 고개를 끄덕였다.

혹시 박용식이 자신의 지시를 무시한 것은 아닌가 하는 의심이 들었는데, 그게 아니란 것을 알게 된 것이다.

"알겠다. 좀 늦기는 하겠지만, 지금이라도 출발하면 박 부장과 합류하여 흰머리산으로 갈 수 있겠군."

마치 들으라는 듯 노인태는 조금 큰 목소리로 중얼거렸다.

"네? 지금 도착하셨는데, 쉬지도 않고 바로 출발하십니까?"

"시간이 없으니 바로 출발한다. 김 대리."

노인태의 부름에 대기하고 있던 김환구 대리가 달려왔다.

"부르셨습니까?"

"지금 바로 출발한다. 목적지는 흰머리산이지만, 가는 도중에 먼저 출발한 박용식 부장을 만나 합류할 예정이니 빠르게 준비하도록."

"예, 알겠습니다."

김환구는 밖에서 담배를 피우며 쉬고 있을 동료를 부르기 위해 서둘러 움직였다.

노인태는 흡족한 마음으로 천천히 건물 밖으로 나왔다.

그곳에는 아머드 기어에 탑승을 하고 있는 김환구를 비롯해 다른 세 명의 아머드 기어 드라이버가 있었다.

곧 노인태도 자신의 아머드 기어에 탑승하기 위해 이동을 하였다.

아머드 기어에 탑승한 노인태는 무전을 개방하여 대기하고 있는 다른 아머드 기어 네 기에게 신호를 보냈다.

"바로 출발하지."

— 네, 출발하겠습니다!

만족스런 대답이 들려오자 노인태는 사악한 미소를 지었다.

'기다려라, 벌레 따위가 감히 날 망신시켜?'

복수의 일념을 불태우는 노인태였다..

✝   ✝   ✝

뉴 서울 근처에 이르러 팀 아케인과 헤어진 타라칸은 숲 속으로 들어갔다가 다시금 은밀하게 정진의 뒤를 따랐다.

5클래스 마법사인 정진이라면 타라칸의 움직임을 충분히 파악할 수 있지만, 만약 타라칸이 마음만 먹는다면 정진조 차도 눈치채지 못할 만큼 은밀해질 수 있었다.

바로 지금이 그러했다.

처음엔 느긋하게 따라가서 정진도 타라칸의 존재를 인식 하고 있었다.

하지만 무슨 생각에서인지 타라칸은 자신의 기척을 은밀 하게 지웠다.

그로 인해 정진은 타라칸의 존재를 놓쳐 버렸지만, 크게 개의치는 않았다.

어차피 뉴 서울에 입성하면 타라칸은 따라올 수가 없으 니, 그저 자신의 보금자리로 돌아갔으려니 여긴 것이다.

사실 정진의 판단은 그리 틀리지 않았다.

정진이 인간들의 쉘터인 뉴 서울에 안전하게 들어가는 모 습을 확인하면 그때 자신의 둥지로 돌아가리라 생각한 타라 칸이었다.

타라칸에게 주어진 가장 중요한 임무는 마스터이자 아케

인 제국의 최후 전인인 정진을 지키는 것.

뉴 서울에 가까워지면서 둥지로 돌아가라는 지시를 받았지만, 타라칸은 은밀히 기척을 지운 채 끝까지 정진을 지켜보았다.

그러던 중 타라칸의 감각이 이상 징후를 포착했다. 앞서 가고 있는 마스터와 그 일행을 향해 적대감을 풍기는 자들이 느껴진 것이다.

순간, 마스터를 구하기 위해 모습을 드러내야 할지 고민하던 타라칸은 곧 그럴 필요가 없겠다고 판단했다. 마스터의 능력 향상을 위해 그냥 두고 보는 게 낫겠다는 이유도 있고, 결정적으로 마스터인 정진이 손쉽게 극복할 수 있을 만한 적들이었기 때문이다.

얼마 지나지 않아 마스터도 적이 있다는 것을 알아챈 것 같았다.

'좀 늦군.'

타라칸이 생각하기에 정진의 능력이라면 보다 빠르게 적의 존재를 파악해야 했다. 예상이 빗나가자 타라칸은 불만스러운 듯 낮게 으르렁거렸다.

'보유한 마나를 보다 효과적으로 활용하지 못하는군. 아직 실전이 부족한 듯하다.'

이미 슈페리어 등급을 넘어 챔피언 급에 이른 타라칸이다.

지능은 이미 인간을 넘어서 있기에 이처럼 상황을 보고 정진의 능력을 유추할 수 있는 것이었다.

그런데 그 순간, 정진을 노리는 인간들과 얼마 떨어진 곳에서 또 다른 존재가 포착되었다.

'응? 아머드 기어라는 강철 인형인가?'

강철 인형 네 기.

그 정도 숫자라면 아무리 5클래스 마법사라 해도 쉽사리 감당할 수 없는 전력이었다.

다만, 정진을 노리는 인간들과 멀리 떨어져 있는 것을 보니 한꺼번에 공격하지는 않을 것처럼 보였다.

타라칸은 몸을 낮추고는 잠시 고민에 빠졌다.

자신이 나서서 위협을 제거할 것인지, 아니면 마스터의 성장을 위해 조금 더 지켜볼 것인지를 말이다.

'음, 그래. 어차피 여차하면 내가 나서도 될 테니, 지금은 마스터의 성장을 위해 조금 더 지켜봐야겠군. 마스터의 곁에 있는 인간들도 아티팩트를 사용한다면 어느 정도 막아 낼 수는 있을 것 같으니…….'

타라칸은 거대한 관목 위로 펄쩍 뛰어올라 편히 엎드

렸다.

물론 느긋한 태도와 달리 감각만큼은 바늘 끝처럼 예리하게 버려진 상태였다.

† † †

아이스 포그가 걷히자 아머드 기어의 모습이 드러났다.

마법 공격을 당한 두 기의 아머드 기어 중 한 기가 움직임을 보였다. 그리 멀쩡한 모습은 아니지만, 정진의 생각만큼 피해를 입은 모습 또한 아니었다.

기잉! 쿵!

아머드 기어가 정진을 찾는 것인지 주변을 두리번거렸다.

위이잉, 척!

이윽고 아머드 기어가 조금 떨어진 거리에 있는 정진을 발견했다.

그러더니 거대한 대검을 겨누며 정진을 향해 움직이기 시작했다.

"정진아! 어서 피해!"

사태를 파악한 이정진이 크게 소리쳤다.

하지만 어쩐 일인지 정진은 다가오는 아머드 기어에 시선을 고정시킨 채 가만히 서 있기만 했다.

"후우, 후우……."

정진은 침착하게 숨을 골랐다.

뭔가 타이밍을 잡으려는 듯 정진은 자신을 향해 천천히 다가오는 아머드 기어와 그 뒤에서 아직 정신을 차리지 못한 듯 여전히 멈춰 서 있는 아머드 기어 간의 거리를 계산하는 것처럼 보였다.

'조금만, 조금만 더!'

쿵! 쿵!

천천히 다가오던 아머드 기어가 이제는 조금 전보다 자연스럽고 좀 더 빠른 속도로 움직이기 시작했다.

아머드 기어가 30m 거리까지 접근했을 때, 정진은 서클에 남은 마나 중 절반을 투입하여 마법을 펼쳤다.

"울부짖는 대기의 분노, 에어 붐(Air Bomb)!"

4클래스의 바람 계열 마법인 에어 붐이 다가오는 아머드 기어의 전면을 목표로 펼쳐졌다.

원래 에어 붐은 바람 계열 마법이 그렇듯 위력이 그리 강하지는 않았다.

하지만 지금 정진이 펼친 에어 붐은 마나를 적정량보다 초과 투입한 것이었다. 본래 에어 붐의 위력이 작은 애완견 수준이라면, 방금 정진이 시전한 에어 붐은 대형 사냥개 정도라고 비유할 수 있었다.

다만, 바람 계열 마법이다 보니 폭발로 인한 대미지는 없었다. 그저 접근하는 아머드 기어를 뒤로 날려 버리는 타입의 마법 공격인 것이다.

아머드 기어의 가슴께에서 발현되는 에어 붐.

갑자기 대기가 일그러지면서 블랙홀 같은 반투명한 구체가 형성되었다. 그 구체는 점점 몸집이 커져 급기야 아머드 기어의 움직임을 묶어버릴 정도가 되었다.

우우우우웅!

아머드 기어를 완전히 집어삼킨 구체는 그르렁거리는 듯한 소음과 함께 폭발을 일으킬 징조를 보였다.

반투명한 구체의 주변이 크게 일렁이고 있었다. 눈에는 잘 보이지 않지만, 주변 대기에 흐르던 모든 공기가 구체로 빨려 들어가고 있는 듯했다.

그리고 다음 순간.

퍼어어엉!

엄청난 양의 공기를 빨아들인 구체가 엄청난 소음과 함께 폭발했다.

그와 동시에 구체 안에 압축되어 있던 공기가 사방으로

뿜어져 나왔다.

압축된 대기의 벽 때문에 움직이지 못하던 아머드 기어는 폭발을 미처 피하지 못했다.

에어 붐의 폭발과 함께 그대로 뒤로 튕겨져 날아가 버린 것이다..

아머드 기어는 10m 넘게 날아가더니, 뒤편에서 이제 막 정신을 차리고 움직이려던 아머드 기어를 덮쳤다.

콰광! 쿵!

기계와 기계의 정면충돌.

아머드 기어가 말을 할 수 있다면 아마 고통의 비명을 질렀을 것이다.

"후우, 후우……."

정진은 자신의 의도가 제대로 맞아떨어졌음에 안도했다.

하지만 아직 완전히 경계를 풀 수는 없었다.

기계로 이루어진 아머드 기어이기에 완전히 고장 난 것이 아니라면 또다시 일어날 수도 있었다.

또한 저 멀리 떨어진 곳에서 멀쩡한 아머드 기어가 동료를 구하기 위해 땅을 파고 있었기에 그것 또한 염두에 두어야 했다.

한편, 신동민을 구출하고자 땅을 파고 있던 봉봉일은 뒤쪽에서 큰 폭발음이 들려오자 고개를 홱 돌렸다.

"아니……."

봉봉일의 눈에 도저히 믿을 수 없는 장면이 목격됐다.

30톤에 이르는 고중량의 아머드 기어가 허공을 날고 있었기 때문이다.

'뭐, 뭐지? 지금 무슨 일이 벌어진 거야? 방금 그 폭발음은 도대체 뭔데?'

상대는 파워 슈트도 입지 않은, 평범한 헌터들.

아티팩트를 가지고 있다 하더라도 아머드 기어를 저렇게 날려 버리는 것은 불가능했다.

봉봉일은 전혀 상상하지도 못한 광경에 혼란스러웠다.

하지만 그것도 잠시.

저 멀리 도망을 치고 있는 타깃의 모습에 봉봉일은 땅을 파던 것을 멈추고 타깃을 쫓았다.

쿵! 쿵!

"신동, 미안하지만 조금만 기다려. 타깃을 처리하고 나서 구해주겠다!"

— 알겠다. 빨리 처리하고 와.

봉봉일과 신동민, 둘 모두 베테랑 다크 헌터였다.

뉴 서울과 가까운 이곳에서 자신들의 행적이 알려진다면, 결코 무사할 수 없다는 사실을 그들은 잘 알았다. 따라서 이곳에서 도망치는 타깃은 단 하나라도 놓칠 수 없었다.

그게 바로 고난에 빠진 동료의 구출보다 목격자의 처리가 우선인 이유였다.

게다가 어차피 돈을 보고 뭉친 멤버들이었다. 솔직히 말하자면, 다크 헌터의 입장에선 위기 상황이 닥쳤을 때 동료의 목숨보다 자신의 목숨을 우선할 수밖에 없었다.

막말로 뉴 서울에 있는 자경대가 출동한다면 땅에 묻힌 신동민이나, 저기 쓰러져 있는 주성지와 김조한을 구해줄 여유 따윈 없었다.

만약 실제로 그런 일이 벌어진다면, 그냥 버려두고 혼자 도망칠 생각이었다. 물론 다른 이들 역시 같은 상황에서 그렇게 할 것이 분명했다.

그것이 바로 다크 헌터들이 살아가는 방식이었다.

하지만 지금은 그럴 만큼 심각한 상황은 아니었다.

일단 신고를 하지 못하게 타깃과 목격자들을 모두 죽이면 해결되는, 간단한 일이다.

쿵! 쿵! 쿵!

봉봉일의 아머드 기어는 빠르게 정진이 있는 곳으로 달려갔다.

이미 에어 붐을 사용한 뒤라서 현재 남은 마나량으로는 도저히 어찌할 수 없다는 판단에 정진은 도망을 치기 시작했다.

쿵! 쿵!

뒤에서 아머드 기어의 쫓아오는 소리가 점점 가까워지지만, 현재 정진이 할 수 있는 일은 별로 없었다.

남은 마나량은 이제 한 번만 더 펼치면 더 이상 마법을 쓸 수 없을 정도로 적었다.

소비한 마나를 서클에 가득 채우기 위해선 안전지대에 가서 하루 종일 마나 심법을 운용해야 할 정도로 고갈된 상태였다.

'제길, 남은 양으로는 헤이스트도 펼치지 못하잖아.'

정진은 자신의 뒤를 바짝 쫓는 아머드 기어를 보며 마음이 다급해졌다.

침착하게 다시 한 번 서클에 남은 마나량을 확인해 보았는데, 도저히 답이 없었다.

현재 남은 마나량으로는 도움이 될 만한 마법을 도저히 떠올릴 수가 없었다.

쾅!

그 순간, 갑자기 뒤쪽에서 커다란 충돌음이 들렸다.

정진은 무슨 일이 벌어졌는지 확인하기 위해 도망치던 것도 잊고 뒤를 돌아보았다.

그러자 정진의 시야에 하얀 서리가 낀 아머드 기어의 몸체가 눈에 들어왔다.

자신을 쫓아오던 아머드 기어가 누군가의 얼음 마법에 의해 움직임이 둔해진 것이었다.

'어떻게 된 일이지?'

정진의 머릿속에 온갖 의문이 들어찼다.

이미 뉴 어스에는 자신을 제외하곤 마법을 사용할 수 있는 마법사가 없다고 여겨왔다.

자신에게 마법을 가르쳐 준 스승들은 끓어오르는 마그마 때문에 아케인 아카데미와 함께 최후를 맞았을 것이다.

그런데 지금 두 눈에 마법의 영향으로 보이는 현상이 보이는 게 아닌가.

그 때문에 정진은 잠시 혼란에 빠졌다.

상식에 맞지 않는 현상을 눈으로 직접 목격하게 되면 사람들은 잠시 공황상태에 빠지게 되는데, 그것은 마법사인 정진도 예외는 아니었다.

하지만 그것도 잠시. 금세 귀를 울리는 목소리에 정진은 어떻게 된 일인지 깨달았다.

"정진아, 어서 뛰어!"

목소리가 들린 곳으로 고개를 돌리니, 그곳에는 무릎쫘 자세로 크로스 보우를 겨누고 있는 강진성의 모습이 있었다.

'아, 진성이 형이 한 것이구나.'

그제야 알 수 있었다, 자신 외에도 마법을 시전할 수 있는 몇 명이 있다는 것을.

그들은 바로 자신이 아티팩트를 만들어준 팀 아케인 멤버들이었다.

그중 저렇게 아머드 기어에 서리가 맺힐 정도로 속성 대미지를 줄 수 있는 멤버는 강진성뿐이었다.

대형 크로스 보우가 주 무기인 강진성을 위해 정진은 마법진 말고도, 오우거와 같이 감당하기 힘든 중형(重形) 몬스터를 만났을 때 사용하라고 마법이 걸린 볼트 또한 몇 개 만들어주었다.

그것들은 정말로 위급한 상황이 닥쳤을 때, 팀 아케인 멤버들이 위기를 넘길 수 있게 준비한 것이었다.

그리고 지금 그것이 사용된 것이다.

"형, 고마워!"

정진은 얼른 그가 있는 쪽으로 뛰어갔다.

그러는 와중에도 강진성은 다시 한 번 크로스 보우에 특수 볼트를 장착하고 있었다.

아이스 공격을 받은 아머드 기어가 다시 움직이고 있었기 때문이다.

조금 전에는 아머드 기어가 정진의 뒤를 바짝 따라잡은 탓에 급하게 볼트를 쏴야 했다.

그 때문에 정조준을 하기보단 넓은 표적인 몸통을 겨눴다.

하지만 지금은 보다 효과적인 공격을 할 수 있었다. 그래서 아머드 기어의 관절을 노리기로 한 것이다.

비록 관절이 몸통에 비해 작고, 또 움직이고 있어서 더욱 맞추기가 어려운 표적이지만, 진성의 크로스 보우에는 보다 정확한 사격을 위한 가이드 마법이 새겨져 있었다.

마치 전투기의 미사일에 내장된 락 온(Lock—on) 시스템마냥 볼트가 표적으로 날아가 꽂히는 마법이었다.

슝!

볼트는 크로스 보우의 레일을 따라 빠르게 미끄러져 날아가 접근하던 봉봉일의 아머드 기어 오른쪽 무릎관절에 정확히 꽂혔다.

펑!

강진성은 자신의 공격이 성공하자 망설이지 않고 다시 특수 볼트를 꺼내 크로스 보우에 장착했다. 그러고는 방금 전 성공시킨 아머드 기어의 무릎관절을 노려 또다시 발사하였다.

정확하게 같은 곳에 명중을 한 볼트는 산산이 부서지며 다시 한 번 무릎관절에 하얀 서리를 만들었다.

기깅!

아이스 마법이 걸린 볼트에 연속하여 피격된 것은 아무리 아머드 기어일지라도 치명적인 피해라 할 수 있었다.

아머드 기어에게 관절이란 급소라 할 수 있었다.

30톤이나 되는 무게를 지탱하는 부분이기에 이상이 생기면 안 되는 곳인 것이다.

그런 곳에 아이스 마법이 걸린 볼트가 한 번도 아니고, 두 번이나 연달아 박혔으니, 당연히 탈이 날 수밖에 없었다.

진성은 어떤 결과가 나타날지 미리 예측하여 아이스 마법이 걸린 볼트를 계속해서 같은 관절로 쏘아 날린 것이었다.

아머드 기어의 무릎관절에 서리가 끼며 동작에 이상이 생기는 것을 확인한 강진성은 계속해서 자신이 보유한 특수 볼트를 쏘아댔다.

꽈드득!

급기야 아머드 기어의 무릎관절이 요란한 소리를 내며 꺾이기 시작했다.

무릎관절이 얼어붙은 줄도 모르고 무리하게 움직이려던 아머드 기어의 관절이 기어코 절단 나버린 것이었다.

쿵!

한쪽 무릎이 끊어지면서 아머드 기어가 결국 균형을 잃고 쓰러졌다.

"와!"

그 모습에 팀 아케인 멤버들은 너나 할 것 없이 기쁨의 환호성을 질렀다.

"내가, 내가 다크 헌터의 아머드 기어를 잡았다! 아머드 기어를 잡았다고!"

방금 자신이 해낸 일을 도저히 믿을 수 없다는 듯 강진성은 눈을 동그랗게 뜨며 소리쳤다.

"그래, 네가 아머드 기어를 잡았다! 이건 세계 최초일 거야!"

감격에 젖어 넋 놓고 소리치는 강진성의 곁으로 김지웅이 다가와 얼싸안으며 호응해 주었다.

"하하하하!"

김지웅의 칭찬에 강진성은 급기야 허리를 젖히며 박장대소했다.

　하지만 기쁨은 잠시에 불과했다.

　쿵쾅! 쿵쾅!

　갑자기 대지를 울리는 진동.

　팀 아케인 멤버들은 진동의 진원지로 시선을 돌렸다.

　그러자 뉴 서울이 있는 방향에서 커다란 먼지구름이 일어나는 것이 보였다.

　'뭐지? 설마?'

　모두들 같은 생각을 한 것인지 심각한 표정으로 먼지구름의 원인을 살폈다.

　아직 거리가 있어 다가오는 것의 정체를 또렷이 확인할 수는 없었다.

　그렇지만 땅의 울림이나 다가오는 먼지구름의 속도를 봐선 결코 가벼운 물체는 아니란 생각이 들었다.

　그와 함께 이들의 뇌리에 스쳐 가는 생각은 오직 하나뿐이었다.

　'설마 또…… 아머드 기어인가?'

　팀 아케인의 걱정은 현실이 되었다.

Chapter 3

타라칸의 분노

　타라칸은 정진이 적을 상대로 전투를 치르는 것을 조용히 지켜보았다.

　적을 발견하는 것은 가진 능력에 비해 느렸지만, 실질적인 전투는 그리 나쁘지 않았다.

　아니, 예상보다 더 월등한 모습을 보여주었다.

　타라칸 자신이 예전 슈페리어 등급일 때 경험해 본 아머드 기어는 상당히 위협적인 것이었다.

　물론 한두 기 정도는 별 위협이 되지 않겠지만, 그 숫자가 늘어나게 되면 아무리 슈페리어급이라 해도 안전을 장담할 수 없었다.

하물며 정진은 슈페리어에도 미치지 못하는 실력으로 네 기의 아머드 기어를 맞아 침착하게 전투를 벌여 나갔다.

동시에 세 기의 아머드 기어를 무력화시켰다.

다만, 아직은 미숙한 점이 있어서 남은 한 기에 의해 큰 봉변을 겪었지만, 다행히 동료의 도움으로 위기를 잘 넘길 수 있었다.

사실 처음 마법을 이용해 아머드 기어를 땅속에 묻을 때만 해도 참으로 기발하단 생각을 하였다.

아이스 포그와 체인 라이트닝의 마법 연계와 에어 붐 마법을 이용해 두 기의 아머드 기어를 무력화시킨 것 또한 신선한 발상이었다.

잠시 주변 상황을 잊고 앞서 펼쳐진 전투에 대해 복기를 하는 바람에 남은 아머드 기어 한 기의 공격에 마스터가 위기에 처한 상황에서 빠른 조치를 취하지 못했다.

이는 가디언으로서 크나큰 실수였다. 어떤 상황에서도 가디언은 마스터의 안전을 우선으로 해야 하는데, 그만 마스터의 실력 향상에만 몰입하다가 자칫 임무를 실패할 뻔한 것이었다.

다행히 마스터의 동료가 적절히 대처를 하여 위기를 무마시켰기 망정이지, 하마터면 정말 큰일이 날 뻔했다.

그래서 낮게 으르렁거리며 자신의 실수를 뉘우치는 타라칸이었다.

한데 그게 끝이 아니었다.

전투가 끝나기 무섭게 저 멀리 인간들의 마을에서 또 다른 아머드 기어가 다가오는 것이 느껴졌다.

문제는 그리 좋지 못한 기운이 풍기고 있다는 점이었다.

지독한 살기와 광기가 섞인, 지저분하기 짝이 없는 기운.

타라칸으로서는 더 이상 지켜보고 있을 수가 없었다.

마스터에겐 더 이상 전투를 이어갈 마나가 부족했다.

그리고 마스터의 동료들도 다수의 아머드 기어를 상대할 수는 없어 보였다.

솔직히 타라칸이 보기에 겨우 3클래스 마법인 아이스 볼이 인챈트된 화살로 아머드 기어를 무력화시킨 것은 정말로 천운이었다.

만약 아머드 기어에 탑승하고 있던 드라이버가 그에 대해 대비하고 있었다면 아마 성공하기 힘들었을 것이다.

하지만 운도 실력이라고, 전투에서 승리한 것은 마스터와 마스터의 동료였다.

전투에서 가장 우선인 덕목은 전투에 승리를 하는 것이다.

전투란 이기는 자가 최고이며, 패배한다는 것은 곧 죽음을 의미했다.

이것은 타라칸이 스스로의 힘으로 슈페리어급까지 성장하면서 터득한 자연의 섭리였다. 그렇게 계속 승리하여 살아남은 자만이 챔피언급으로 도약할 행운의 기회도 얻는 것이었다.

그러니 전투를 하게 된다면 무조건 이겨서 승리를 해야 한다.

타라칸은 새삼 각오를 다지며 마스터인 정진에게 접근하고 있는 아머드 기어를 향해 관목 숲을 빙 돌아서 달려 나갔다.

조금 전, 자신이 저지른 실수 탓에 떠올린 자괴감을 떨쳐 내기라도 하려는 듯, 타라칸은 뱃속 깊은 곳에서부터 끌어올린 맹수의 포효를 내질렀다.

크앙!

뉴 서울 북쪽 30㎞ 지점에서 맹수의 하울링이 울려 퍼졌다.

하울링에는 생명체를 위압하는 힘이 있어, 기세를 극복하지 못한 생명체는 그대로 몸이 굳어 움직일 수가 없었다.

마치 천적을 눈앞에 두게 되면 아무런 힘도 쓰지 못하고 꼼짝없이 잡아먹히는 경우처럼 말이다.

분노를 풀기 위해 힘껏 내달리던 노인태는 갑자기 들려온 맹수의 하울링에 순간 몸이 굳어버렸다.

그리고 그것은 함께 달리고 있던 다른 네 명의 아머드 기어 드라이버 또한 마찬가지였다.

'뭐지? 불과 뉴 서울에서 30㎞밖에 떨어지지 않은 안전지대에 어떻게 이런 몬스터가 나타날 수 있는 거지?'

노인태는 도저히 이해할 수 없는 현상에 당황했다.

뉴 서울의 자치대는 몬스터 헌팅을 나서는 헌터들의 안전을 위해 주기적으로 뉴 서울 주변을 정리하였다.

그래서 뉴 서울 외각의 하루 거리 내에는 헌터를 위협할 만한 몬스터가 없다고 알려졌다.

해당 구역 내에 존재하는 몬스터는 먹이 경쟁에서 밀린 소형 몬스터나 초식 몬스터, 혹은 그런 몬스터를 잡아먹는 맹수 정도만 알려져 있었다.

그런데 지금 들려온 하울링은 절대로 그런 종류의 개체가 낼 만한 소리가 아니었다.

하울링에서 느껴지는 파장으로 보아 최소 중형(重形)이거나, 어쩌면 대형 몬스터일 수도 있었다.

그런 생각을 들자 노인태는 앞으로 전진하는 것이 두려워졌다.

더욱이 하울링이 들려온 진원지는 무척이나 가까웠다.

물론 바로 눈앞에 자신을 화나게 한 장본인이 있는데, 그것을 두고 돌아서기란 너무도 아까운 일이었다.

더군다나 자신의 분풀이를 위해 아머드 기어 드라이버들까지 억지로 동원하지 않았는가. 이대로 물러나는 것은 정말로 싫었다.

하지만 위험을 알고도 밀고 나가는 것 또한 왠지 꺼림칙했다.

진퇴양난의 상황에 빠진 셈이었다.

노인태가 판단을 내리지 못하고 있을 때, 하울링을 토해낸 타라칸은 이미 숲을 돌아 이들의 뒤를 점한 상태였다.

타라칸은 뜀박질을 멈추고 관목 뒤에 모습을 감춘 뒤, 조심스럽게 접근했다.

아무리 챔피언급으로 진화를 하였다고 하지만, 본래 타라칸은 숲에서 은밀한 사냥을 하는 래피드 타이거 종이다. 정면에서 승부한다면 아무리 챔피언급인 타라칸도 어려운 싸움을 각오해야 했다.

따라서 상대의 뒤로 접근해 기습을 통해 단번에 숨통을

끊는 래피드 타이거의 사냥법을 따르는 것이 현명한 전략이었다.

타라칸은 노인태와 그가 동원한 아머드 기어들의 뒤를 기습하기 위해 은밀히 다가갔다.

곧 아머드 기어 다섯 기의 뒷모습이 타라칸의 두 눈에 포착되었다. 타라칸은 습격을 위해 몸을 한껏 움츠리고는 기회를 엿보았다.

곧 아머드 기어 한 기가 살짝 뒤처진 틈을 놓치지 않고, 타라칸은 망설임 없이 용수철처럼 튀어 올라 사냥감을 덮쳤다.

크앙!

쾅!

아머드 기어에 대해서 이미 오래전에 파악한 타라칸이었다. 먹이를 사냥할 때와는 다르게 아머드 기어를 기습할 때엔 어디를 공격해야 할지 타라칸은 잘 알고 있었다.

타라칸은 커다란 앞발을 들어 첫 번째 아머드 기어의 콕핏(조종석)을 강하게 내려쳤다.

몸길이 6m가 넘는 거대한 덩치에서 뿜어져 나오는 앞발의 힘은 강화 플라스틱으로 만들어진 아머드 기어의 콕핏을 단숨에 깨뜨려 버렸다.

끼기긱!

타라칸의 공격은 거기서 끝나지 않았다.

첫 기습으로 아머드 기어 한 기의 콕핏을 부숴 버린 타라칸은 그것을 디딤대로 이용해 뛰어오른 뒤, 그 옆에 서 있는 두 번째 아머드 기어를 덮쳤다.

첫 번째 기습과는 다르게 이번에는 앞발의 힘으로 내려치지 않고, 숨겨두었던 발톱을 꺼내 세차게 휘둘렀다.

타라칸의 발톱에서 마정석의 빛깔과 흡사한 붉은빛이 영롱하게 빛났다.

보기엔 아름다워 보이지만, 실제로는 강철도 갈라 버릴 정도의 파괴력을 가진 무서운 힘을 담고 있었다.

그 빛의 정체는 타라칸의 심장에 있는 마정석의 마나.

심장에서부터 발현된 마나가 발톱에까지 이르러 발현된 것으로, 원래부터 단단하고 예리한 타라칸의 발톱을 더욱 강인하게 해주었다.

이는 정진이 이정진의 그레이트 소드에 새겨준 샤프니스 마법의 원리와 같았다.

하지만 이정진의 그레이트 소드가 지닌 마정석의 출력이 타라칸의 심장에 있는 마정석보다 한참이나 낮은 등급임을 감안할 때, 지금 타라칸이 가진 발톱의 힘은 상상을 초월하는 수준인 것이었다.

평소 30㎝에 이르는 타라칸의 발톱은 심장 속의 마정석에서 보내준 마나로 인해 50㎝ 정도로 자라나 있었다. 그런 만큼 아머드 기어를 공격했을 때, 어떤 결과가 나타날지는 자명했다.

타라칸의 발톱에 긁힌 아머드 기어는 콕핏은 물론이고, 몸통까지 동강 나 갈라져 버렸다.

한차례 기습으로 인해 두 기의 아머드 기어가 순식간에 파괴된 셈이었다.

한 기는 콕핏이 박살 나면서 드라이버가 그 자리에서 즉사했고, 또 다른 한 기는 타라칸의 발톱에 의해 콕핏이 갈라질 때 함께 그 안에서 베어진 것이었다.

"막아!"

노인태는 갑작스런 습격에 크게 당황하며 남은 아머드 기어 드라이버들에게 황급히 외쳤다. 그러면서 자신은 슬슬 뒷걸음질을 쳤다.

그 자신도 한 명의 헌터인 노인태지만, 사실 그의 전투 능력은 그리 좋은 편이 아니었다.

순전히 실력으로만 따지면 헌터라고 하기에 노인태는 부족함이 많았다.

그러니 갑작스런 기습에 당황해 뒷걸음질 치는 것이 당연했다.

"막아! 저 괴물을 막으라고!"

거칠게 밀어붙이라는 명령과는 반대로 그의 아머드 기어는 뒤로 물러나기만 할 뿐이었다.

마지막 남은 아머드 기어를 무력화시킨 후, 한껏 지친 정진과 팀 아케인 멤버들은 그 자리에 허물어지듯 주저앉았다.

그 와중에도 정진은 경계를 풀지 않고 쓰러져 있는 아머드 기어를 노려보았다.

무력화시켰다고는 하지만, 아직 상황이 낙관적인 것은 아니었다.

아직 완전히 파괴되지 않은 아머드 기어들 때문이었다.

딥 스웜프 마법으로 몸체의 3/4가 땅속에 묻힌 아머드 기어의 경우엔 양팔이 깊숙이 땅속에 묻혀 있어서 그나마 안심이 되었지만, 방금 전 한쪽 무릎이 파괴된 아머드 기어는 기동 능력만 망가졌을 뿐 아직까지 전투 능력이 남아 있어서 경계를 늦출 수 없었다.

게다가 정진이 마법으로 날려 버린 아머드 기어들도 전투 능력을 상실했는지, 아니면 기습을 위해 숨을 고르고 있는지 또한 알 수 없었다.

그 때문에 정진이나 팀 아케인 멤버들은 쓰러져 있는 아머드 기어에 섣불리 접근하지 못한 채 멀찍이 떨어져 동태를 지켜보고 있는 중이었다.

크앙!

"뭐야?"

"이게 무슨 소리야?"

쓰러진 아머드 기어를 주시하며 경계하고 있던 팀 아케인 멤버들은 갑작스레 들려온 하울링에 깜짝 놀랐다.

뉴 어스에 서식하는 몬스터들의 하울링에 대해서는 익히 알고 있지만, 이렇게 가까운 곳에서 들으니 실로 위압감이 상당했다. 팀 아케인 멤버들은 하울링을 듣는 것만으로도 온몸에 힘이 쪽 빠지는 듯했다.

'이건 석 달 전에 겪었던 자이언트 트롤의 하울링보다 훨씬 위압적이다. 이 울음소리의 주인은 도대체 얼마나 강한 거지?'

경험 많은 이정진으로서도 이처럼 위압적인 하울링은 처음 듣는 것이었다.

석 달 전, 노태 클랜의 일꾼으로서 처음 흰머리산으로 향하던 길에 마주한 자이언트 트롤 우두머리가 자연스레 떠올랐다.

당시 아머드 기어 네 기가 달라붙어도 쉬이 제압하지 못한, 그 강력한 자이언트 트롤의 하울링보다도 훨씬 위압적인 느낌.

하울링의 위압감만으로 몬스터가 가진 힘의 척도를 세울 수 있다는 점을 감안한다면, 이정진은 방금 전에 울부짖은 몬스터의 강함이 어느 정도인지 어림잡을 수 있었다.

"몬스터가 가까이 있다."

"분명 굉장한 놈일 거야."

"내가 강철 클랜에 있을 때 잡았던 중형 몬스터보다 더할 것 같은데요."

강현성을 비롯한 김지웅과 류재욱은 방금 전 들려온 하울링에 진저리를 치며 긴장된 표정을 지었다.

하지만 그들과 달리 정진은 고개를 갸웃거렸다.

방금 전 들려온 하울링은 자신의 가디언인 타라칸의 것이었다.

모습은 보이지 않지만, 타라칸이 인근에 있다가 하울링을 내지른 것이 분명했다.

무슨 이유에서 타라칸이 하울링을 내지른 것인지는 알 수 없지만, 어쨌든 지금 당장은 팀 아케인 멤버들을 안심시키는 것이 우선이었다.

"너무 걱정하지 마세요. 방금은 타라칸의 하울링이에요."

그 말에 팀 아케인 멤버들의 눈이 동그래졌다.

"그게 정말이냐?"

"정진아, 방금 그 소리의 주인이 타라칸이라고?"

쉬이 믿기지 않는 말이었다.

지금까지 타라칸과 함께 있으면서 굉장히 강한 몬스터라는 것은 알 수 있었지만, 이 정도의 위압적인 기세를 선보일 정도라고는 전혀 생각지도 못한 것이었다.

그런데 지금 타라칸의 하울링을 접하고 보니, 자신들이 그동안 타라칸에 대해 너무 안이한 생각을 하고 있었다는 것을 깨달을 수 있었다.

"타라칸이 이렇게 무서운 존재였냐?"

"그래, 정진아. 대체 어떻게 된 거야?"

지웅과 진성이 눈을 반짝이며 다가왔다. 다른 멤버들 또한 궁금했는지 정진을 빤히 바라보았다.

정진은 잠시 생각을 정리하다가 이윽고 타라칸에 대한 모든 것을 설명해 주기로 마음먹었다. 더불어 이 뉴 어스에 어떤 몬스터들이 있는지도.

"일단 헌터 협회에서 몬스터를 분류하는 방식과 제가 스승님들께 배운 몬스터 분류법이 다르다는 것을 먼저 말씀드릴게요."

정진은 타라칸에 대한 설명을 하기 전에 자신이 아케인 아카데미에서 배운 몬스터 분류법을 먼저 언급했다.

"로우그레드, 노멀, 하이그레드, 레어, 슈페리어, 챔피언, 로드로 분류를 합니다. 최하에 있는 로우그레드. 이건 몬스터 중에서 최하급에 속하는 것으로, 일반인도 상대할 수 있는 몬스터 등급입니다. 그 위로 노멀과 하이그레드가 있는데, 노멀은 말 그대로 일반적인 몬스터 각 종류에서 평균적인 전투력을 가진 몬스터입니다. 그보다 우수한 것을 하이그레드라 하는데, 사실 전투력 측면에서 보면 그리 많은 차이가 나는 것도 아닙니다. 그것보다 위는 레어라고 부르는데, 이때부터는 조심해야 합니다. 헌터 협회에서 분류한 최하급 몬스터인 고블린이라도 레어급에 들어가면 무척이나 위험합니다. 그리고 레어 중에서도 우수한 종을 슈페리어라고 해요. 슈페리어에서 진화를 하면 챔피언이라 부르고, 챔피언급 중에서도 독보적으로 강한 녀석들을 로드라고 불러요."

"뭐가 그리 복잡하냐?"

김지웅은 정진의 설명을 듣다 머리가 어지러운지 투덜거렸다.

"헌터 협회의 분류법과 함께 생각하면 좀 그렇게 느껴질 수 있는데, 사실 로우그레드, 노멀, 하이그레드는 굳이 구별할 필요 없이 노멀이라 해도 상관은 없어요."

정진의 설명을 잠자코 듣고 있던 이정진이 끼어들었다.

"그럼 쉽게 말해서 노멀, 레어, 슈페리어, 챔피언, 로드, 이렇게 다섯 단계로 나눈다는 거지?"

"네, 맞아요. 이런 등급은 몬스터의 종에 관계없이 매겨진 것으로, 아무리 약한 고블린이라도 레어나 슈페리어에 이르면 트롤이나 오우거와도 충분히 겨룰 수 있어요."

그 말에 김지웅은 깜짝 놀라 물었다.

"뭐? 어떻게 소형 몬스터인 고블린이 트롤이나 오우거와 겨룰 수 있다는 말이냐? 그건 정말 말도 안 되는데."

하지만 정진은 충분히 이해한다는 듯 차분한 어조로 설명을 계속 이어 나갔다.

"물론 형이 몬스터에 관해 잘 몰라서 그런 생각을 할 수도 있어요. 하지만 제가 방금 설명한 몬스터의 등급은 단순히 몬스터의 크기로 분류하는 헌터 협회의 분류법이 아니라, 실제 전투력을 바탕으로 분류한 거예요."

그런 후, 정진은 말을 멈추었다. 잠시 숨을 고르려는 건지, 아니면 멤버들이 자신의 설명에 대한 생각을 정리할 시간을 주려는 것인지 정진은 조용히 멤버들의 얼굴을 살폈다.

멤버들 모두 새로운 법칙을 발견한 학자처럼 혼란스러운 표정이었다. 정진은 차분한 말투로 김지웅에게 물었다.

"형도 전에 노태 클랜 소속으로 흰머리산 던전에 갈 때, 아머드 기어 네 기랑 싸우던 그 몬스터 기억하죠?"

김지웅이 손뼉을 짝, 쳤다.

"아, 그놈! 그래, 생각난다. 트롤과 닮았던 그 거대한 놈. 아머드 기어보다 머리 하나는 더 컸지."

"네. 그놈이 바로 슈페리어급 몬스터예요."

"뭐, 뭐라고? 아머드 기어 네 기와 싸우면서도 한 치도 안 밀리던 그 몬스터가 네가 말한 슈페리어급이라고?"

"네. 슈페리어급을 단순하게 몬스터라고 생각하면 큰코다칠 거예요."

"단순한 몬스터가 아니라니, 그건 또 무슨 소리야?"

정진의 말에 김지웅은 물론이고, 다른 사람들까지 궁금한 표정을 지었다.

그런 멤버들에게 정진은 차분하게 설명했다.

"조금 전에도 설명했지만, 제가 말하는 몬스터 등급은 사실 몬스터의 진화에 대한 설명이었어요."

"진화?"

"네. 동종 몬스터 중에서도 그 전투력의 세기가 다른데, 등급이 오를수록 몬스터의 지능 또한 진화를 합니다. 몬스터가 슈페리어급 정도 되면 그 지능은 인간 못지않게 발달된 상태라고 생각하시면 됩니다. 형님들도 타라칸을 봐서 알겠지만, 녀석은 일반 몬스터와는 비교도 되지 않는 지능을 가지고 있어요."

"음……."

멤버들은 각자 타라칸의 평소 모습을 머릿속에 그려보았다. 타라칸의 행동은 결코 몬스터의 수준이라고는 생각되지 않는 경우가 종종 있었다.

단순히 정진의 명령을 따르는 것을 넘어서, 스스로 판단하고 독자적으로 행동하는 경우가 많았던 것이다.

그러자 정진의 설명이 어느 정도 이해가 갔다.

"원래 타라칸도 그때의 자이언트 트롤과 동급인 슈페리어급이었어요. 그런데 제 스승님이 다른 슈페리어급 몬스터 두 마리의 마정석을 먹였고, 그로 인해 진화하여 지금의 타라칸이 된 거예요."

"뭐? 네 말대로라면 타라칸의 등급이 그럼……."

"네, 짐작하신 대로 챔피언급입니다. 물론 챔피언으로 진화한 지 얼마 되지 않아서 다른 챔피언급 몬스터에 비해 조금은 약할지도 모르지만, 슈페리어급 몬스터하고는 그 수준이 다르죠."

문득 궁금증이 생긴 김지웅이 물었다.

"정진아, 그럼 타라칸 정도가 슈페리어급 몬스터와 싸운다면 최대 몇 마리까지 감당할 수 있냐?"

쉽지 않은 질문이었다. 정진은 고개를 갸웃거렸다.

타라칸의 힘에 대해서는 막연하게나마 알고 있지만, 그것을 막상 설명하려고 하니 선뜻 대답을 하기가 어려웠던 것이다.

정진은 곰곰이 생각했다.

챔피언급 몬스터인 타라칸에게 슈페리어급 몬스터는 그저 먹이일 뿐이었다.

결코 경쟁 상대가 될 수 없는 것이다.

그렇다고 해도 슈페리어급 몬스터가 상위 포식자인 챔피언급 몬스터와 맞섰을 때 '그냥 나 죽여주슈!' 하고 발 뻗고 누워 있는 것은 아니기에, 타라칸이 몇 마리의 슈페리어급 몬스터까지 상대 가능할지에 대해서는 쉬이 말해줄 수 없었다.

"음, 그건 저도 잘 모르겠네요. 일단 아무리 슈페리어급 몬스터가 챔피언급 몬스터의 먹이나 다름없다고는 하지만, 슈페리어급 또한 상위 포식자로 분류되니 저도 쉽게 대답해 드릴 수가 없어요. 그래도 굳이 말씀드리자면, 못해도 서너 마리 정도는 피해 없이 상대할 수 있을 거예요. 등급 업은 단순히 힘이 조금 강해지는 것이 아니라, 신체 전체가 진화를 하는 것이니까요."

정진의 설명이 끝나자 팀 아케인 멤버들의 입은 다물어질 줄을 몰랐다.

강현성이나 강진성, 그리고 류재욱은 그저 막연한 상상만으로 그쳤지만, 이정진이나 김지웅에게는 비교 대상이 있기에 더욱 가깝게 와 닿았다.

둘에게는 예전 영원의 숲에서 슈페리어급인 자이언트 트롤이 아머드 기어 네 기와 대결을 벌인 것을 직접 목격한 경험이 있었기에.

한데 그런 트롤 서너 마리를 아무런 피해 없이 상대할 수 있다니…….

이정진과 김지웅은 새삼 깨닫게 된 타라칸의 강함에 자신도 모르게 몸을 떨었다.

"그런데 우리가 어쩌다 이런 이야기를 하게 된 거지?"

이야기를 하다 보니 주제가 이상한 방향으로 흘렀다는 것을 깨달은 김지웅이 눈을 끔뻑거렸다.

"그거야 갑자기 들려온 타라칸의 하울링에 놀란 형들 때문에 그런 거죠."

김지웅을 향해 유쾌하게 웃는 정진이었다.

"아, 그렇지. 그런데 타라칸이 네 가디언이라 했는데, 조금 전에는 왜 나타나지 않고 지금 뒤늦게 소리쳐 우릴 놀라게 하는 거냐?"

사실 김지웅의 질문은 팀 아케인 멤버들 전부가 궁금해하는 사실이었다.

정진은 그 물음에 바로 대답을 할 수가 없었다.

사실 자신 또한 그 이유가 명확하지 않은 탓이었다.

다른 때 같았으면 분명 자신의 안전을 위해 바로 모습을 드러내 도와줬을 텐데, 네 기의 아머드 기어를 처리할 때까지 타라칸은 나타나지 않았다.

바로 그때, 저 멀리서 달려오는 아머드 기어가 보였다.

정진은 신음을 흘렸다.

"뭐야, 아머드 기어가 또……."

먼지구름을 피워 올리며 전속력으로 달려오는 모습에 정

진과 팀 아케인 멤버들 또한 긴장한 표정이 되었다.

"아직 저들의 정체를 알 수 없으니, 일단 몸을 숨기자."

이정진의 명령에 팀 아케인 멤버들은 신속한 움직임으로 주변 관목들을 향해 움직였다. 그 과정에서 달구지를 챙길 여유는 없었다.

물론 상대적으로 가벼운 마정석은 따로 챙겨놓았지만, 달구지에 실려 있는 몬스터 부산물은 포기해야 하는 상황이었다.

목숨이 달려 있는 긴박한 상황이니만큼 어쩔 수 없는 선택이었다.

크앙!

팀 아케인 멤버들이 막 관목 숲으로 몸을 숨겼을 때, 저 멀리서 타라칸의 하울링이 다시 한 번 크게 울렸다.

그와 동시에 무거운 물체가 땅에 쓰러져 울리는 소리도 들렸다.

쿵!

막 관목 숲으로 몸을 피하던 정진은 소리의 진원지로 고개를 돌렸다.

'타라칸?'

관목 사이로 겨우 보이는 숲의 한복판에서 타라칸이 아머드 기어를 상대로 전투를 벌이고 있었다.

정진은 멍한 표정으로 타라칸이 싸우는 모습을 지켜보았다.

"뭐해, 어서 따라오지 않고!"

상황을 알 리가 없는 이정진이 황급히 손짓했다.

"그게, 타라칸이 이쪽으로 달려오던 아머드 기어들을 공격하고 있어요!"

"뭐?"

이정진은 놀란 눈으로 돌아보았다.

과연 정진의 말대로 타라칸이 막 세 번째 아머드 기어를 공격하는 모습이 보였다.

한 기의 아머드 기어는 겁에 질렸는지 아무런 움직임도 없이 동상처럼 가만히 서 있기만 했다.

더불어 막 타라칸의 공격을 받은 아머드 기어는 허리가 잘리며 뒤로 튕겨져 날아가는 중이었다.

순식간에 두 기의 아머드 기어가 타라칸에게 당한 상황.

남은 세 기의 아머드 기어는 타라칸의 공격에 대비하기 위해 조금씩 뒷걸음질 치고 있었다.

정진과 이정진이 따라오지 않자 관목 숲 안에 은폐해 있던 팀 아케인 멤버들이 다시 되돌아왔다.

"왜 안 오세요? 위험하다구요!"

제일 먼저 김지웅이 헐레벌떡 달려왔다. 그런 그를 쳐다보지도 않고 이정진은 넋이 나간 듯 관목 숲 한복판을 가리켰다.

"저, 저기 좀 봐라."

"헉!"

김지웅은 아무 생각 없이 이정진이 가리킨 곳을 보고는 경악했다.

저것이 바로 챔피언급의 힘인가.

커다란 덩치의 타라칸이 비호처럼 움직이며 아머드 기어 다섯 기를 압도하고 있던 것이다.

거리가 멀어서 자세한 모습을 확인할 수는 없지만, 언뜻 보기에도 아머드 기어보다 타라칸의 덩치가 더 크고, 힘도 월등한 것 같았다.

하지만 지금 김지웅이 크게 놀란 이유는 그런 단순한 지표 때문만은 아니었다.

예전 자신이 본 자이언트 트롤보다 조금 더 셀 것이라 상상만 하고 있었는데, 타라칸이 아머드 기어를 상대로 가지고 놀 듯이 싸움을 벌이는 모습에 충격을 받은 탓이었다.

타라칸의 압도적인 힘을 직접 두 눈으로 확인하게 되니,

그 위력이 피부로 와 닿는 듯했다.

그런 짧은 생각을 하는 사이에도 또 한 기의 아머드 기어가 타라칸의 공격을 받아 허공을 날고 있었다.

쾅!

꽈드득!

노인태는 지금 정신을 차릴 수가 없었다.

지금 자신에게 일어나는 일을 도저히 현실이라 받아들일 수가 없었다.

분명 자신이 동원할 수 있는 최고의 무력을 동원했다.

아머드 기어 다섯 기라면 충분할 거라 생각했다.

대몬스터 병기 중 최강이라 불리는 아머드 기어.

그런데 그러한 아머드 기어들이 지금 몬스터 한 마리에게 속수무책으로 당하고 있었다.

최인규 대리가 타고 있는 아머드 기어는 단 한 방에 콕핏이 박살 나버렸다.

드라이버가 즉사한 아머드 기어는 고철 덩어리나 다름없다.

현재 최인규의 아머드 기어는 전투 불능 상태가 되어 동상처럼 가만히 서 있을 뿐이었다.

뿐만 아니라 두 번째 공격을 받은 신동현 대리의 아머드 기어는 몬스터의 발톱 공격에 허리가 잘려 상체와 하체가 분리되어 버렸다.

자신의 앞을 막고 있던 김환구 대리의 아머드 기어는 한 차례 몬스터의 공격을 막아내긴 했지만, 그 압도적인 힘을 이기지 못하고 뒤로 날아가 버렸다.

무려 30톤이나 되는 아머드 기어가 무슨 장난감을 던진 것처럼 힘없이 날아가는 것을 본 노인태는 신음성을 흘렸다.

'이럴 수는 없어. 어떻게 이런 일이······.'

노인태는 자신에게 일어난 일을 부정하고 싶었다. 하지만 엄연한 현실이었다.

이제 남은 아군은 자신의 앞을 막아서고 있는 한 기의 아머드 기어뿐이었다.

"뭐하는 거야! 뒷걸음질 치지 말고 어서 저 괴물을 막아!"

노인태가 무전을 통해 윽박질렀다. 그러면서 자신은 아머드 기어의 방패를 앞세우며 슬슬 뒷걸음질 쳤다.

쾅!

"헉!"

무전을 통해 대답이 들려오기도 전에, 눈앞의 아머드 기어가 날아가 버렸다.

그것은 노재욱 대리의 아머드 기어였다.

이제 더 이상 자신을 보호해 줄 아머드 기어는 없었다.

오로지 자신 혼자만 남은 것이었다.

네 기의 아머드 기어를 해치운 몬스터가 거체를 이끌며 자신을 향해 천천히 다가오고 있었다.

호랑이를 닮은 것 같기도 하고, 표범을 닮은 것 같기도 한, 무시무시한 외형.

온몸이 새하얀 털로 뒤덮인 기이한 몬스터였다. 그런 와중에도 샛노랗게 빛나는 두 눈은 자신을 단숨에 집어삼킬 듯 살기를 품고 있었다.

바로 그때였다.

갑자기 몬스터가 거대한 앞발을 드는 것이 노인태의 눈에 보였다.

크앙!

"헉!"

노인태는 무의식적으로 조종간을 놀렸다.

순간, 아머드 기어의 왼팔에 장착된 거대한 방패가 전방을 향해 들어 올려졌다.

쾅!

"으악!"

겨우 타라칸의 공격을 막아낸 노인태는 그 충격에 크게
휘청거렸다. 중심을 잃고 넘어지지 않기 위해 그대로 뒤로
세 걸음이나 밀려나야 했다.

쿵! 쿵! 쿵!

밀려나는 자신의 발걸음 소리조차 노인태에겐 두렵게만
들렸다.

노인태는 잔뜩 긴장하여 방패를 더욱 단단하게 붙들었다.

마치 방패가 자신의 구명줄이기라도 되는 양 최대한 몸을
웅크리며 방패를 높이 쳐드는 노인태였다.

방패 하나에 온 힘을 싣는 노인태의 방어는 의외로 무척
이나 단단했다.

쾅! 쾅!

자신의 공격을 막아낸 것에 화가 난 타라칸은 연속해서
앞발로 강철 인형을 내려쳤다.

하지만 죽을힘을 다해 방어에 매달리는 노인태의 방패를
쉬이 뚫을 수는 없었다.

지금까지의 공격은 기습이었기 때문에 손쉽게 성공했지
만, 이미 방어에만 전념하기로 마음먹은 노인태는 쉽게 무

너뜨릴 수 없던 것이다.

타라칸은 노인태의 아머드 기어를 앞에 두고 슬금슬금 거닐며 빈틈을 살폈다. 어떻게 하면 공격을 성공시킬 수 있는지 고민하는 것이었다.

그 순간.

기이잉!

휙!

갑작스레 들려오는 기계 소리에 놀란 타라칸은 본능적으로 펄쩍 뛰어오르며 옆으로 몸을 날렸다.

그러자 거대한 대검이 허공을 베며 휙 지나갔다.

방금 전 옆쪽으로 멀찍이 날아갔던 아머드 기어 한 기가 방심하던 타라칸의 옆으로 접근해 공격을 시도한 것이었다.

노인태의 빈틈을 찾느라 잠시 방심하던 사이에 하마터면 기습 공격을 허용할 뻔한 타라칸은 낮게 으르렁거렸다.

노재욱은 타라칸이 자신의 기습 공격을 너무도 간단히 피해 버린 것에 안타까운 마음이 치솟았다.

이제 상대는 경계심을 갖게 되었으니 조금 전과 같은 기회는 다시 찾아오지 않을 것이다.

노재욱은 곧 두 번째 공격을 시도하기 위해 대검을 꽉 쥐었다.

조금 전, 기습 공격을 위해 무거운 방패는 이미 한쪽에 던져 놓은 상태.

아머드 기어에게 방패가 없다는 것은 곧 목숨의 절반을 버린 상태임을 의미했다.

최대한 빨리 저 몬스터를 쓰러뜨리지 못한다면 지구력과 민첩함에 밀려서 결국은 무방비한 상태가 될 것이었다.

노재욱은 대검을 쥔 양손에 온 힘을 쏟아부었다.

"죽어라!"

기합과 함께 노재욱의 공격은 시작되었다.

하지만 아무리 신중하고 간결하게 대검을 휘둘러도 노재욱의 공격은 번번이 실패로 돌아갔다.

타라칸의 입장에서는 노재욱의 공격이 매우 허술하게 보였다. 동작이 느리고 굼떠서 피하기는 식은 죽 먹기나 다름없었다.

타라칸은 슬쩍슬쩍 뛰어오르며 자신을 향해 가해지는 연속 공격을 가볍게 회피했다.

그러는 동안 노재욱의 정신은 급격히 허물어져 갔다.

아머드 기어의 운용은 그 자체로도 무척이나 힘이 드는 일.

전투 상황에선 드라이버의 피로도가 더욱 가중된다.

그나마 처음의 공격이 어느 정도 성공했더라면 타라칸의 움직임도 느려졌을 테니, 나름 상대할 만했을 것이다.

하지만 타라칸이 너무도 간단하게 공격을 피해 버리니 노재욱의 피로감은 곱절로 누적되어 갔다.

결국 아머드 기어의 움직임은 눈에 띄게 느려지는 중이었다.

그럴수록 빈틈은 더욱 늘어났다.

"으윽."

노재욱은 극심한 피로감에 양팔이 욱신거리는 것을 느꼈다.

그야말로 위기의 순간.

하지만 바로 그때, 뒤로 날려진 김환구가 정신을 차리고 싸움에 합류했다.

아슬아슬한 타이밍이었다.

김환구가 제때 합류하지 않았다면, 노재욱은 타라칸에 의해 결단이 났을 것이다.

김환구와 노재욱은 신중한 태도로 조심스럽게 타라칸과의 거리를 유지했다.

그런 아머드 기어 두 기를 타라칸은 흥미로운 눈으로 노려보았다.

'재밌겠군.'

사실 싸움을 끝내려면 진즉 마무리할 수도 있었다. 하지만 타라칸은 이 상황을 좀 더 즐기기로 했다.

이유는 간단했다.

자신의 공격을 막아낸 것에 대한 분노를 풀기 위해서였다.

"저 괴물은 대체 어디서 나타난 거야?"

노인태는 타라칸의 공격에 너덜너덜해진 방패로 콕핏을 가리며 조금씩 뒤로 물러나는 중이었다.

하지만 그런 사실은 전혀 모른 채 노재욱과 김환구는 전력을 다해 타라칸을 상대하고 있다.

어떻게든 상대를 처리해야 안전이 확보된다는 것을 잘 알고 있는 둘은 서로의 빈틈을 보완해 주며 타라칸에게 맞섰다.

쾅!

챙!

거대한 아머드 기어용 대검이 타라칸의 앞발과 부딪치며 육중한 금속음이 울렸다.

일반 몬스터였다면 앞발이 잘리고도 남을 만한 공격이지만, 타라칸의 경우엔 전혀 그렇지 않았다.

일부 높은 등급의 몬스터들은 대검과 부딪쳐도 별다른 피해를 입지 않는 경우가 종종 있기 때문이었다.

그런 사실을 잘 알고 있는 터라 타라칸의 멀쩡한 모습에도 그리 놀라지 않는 노재욱과 김환구였다.

처음 습격을 당했을 때부터 놈이 그 정도 수준의 몬스터라는 것은 어림잡고 있던 것이다.

일반 대검 공격으로는 상대를 어찌할 수 없다는 것을 깨달은 노재욱은 노인태를 향해 다급하게 외쳤다.

"사장님, 도와주십시오!"

그러나 무전을 통해 들려오는 대답은 둘의 기운을 빠지게 하기에 충분했다.

— 어서 처리하지 않고 아직까지 뭐하는 거야!

노인태는 거기서 멈추지 않고 계속해서 두 사람을 몰아붙였다.

— 이 새끼들아! 죽고 싶지 않으면 어서 공격하라고!

노인태의 무전을 공용 채널로 듣고 있던 김환구는 어처구니가 없어 급기야 이성의 끈을 놓고 말았다.

— 야, 이 꼰대 새끼야! 살고 싶으면 당장 이리 와서

거들어!

— 뭐, 뭐라고? 너 지금 뭐라고 했어?

— 이젠 귓구멍이 막혔냐? 살고 싶음 너도 어서 몬스터를 공격하라고 했다!

— 너, 너, 이 새끼…… 내가 가만 안 둔다……. 이, 이…….

김환구 대리의 예상치 못한 하극상에 노인태는 치솟는 분노를 주체하지 못하고 말까지 더듬었다.

'제길, 힘들겠군.'

두 사람의 무전을 가만히 듣고 있던 노재욱은 목숨을 잃을 수도 있는 심각한 상황을 전혀 파악하지 못하는 노인태가 한심하게만 느껴졌다.

지금 당장 거들어도 살아 돌아가리라 장담할 수 없는 판에 상하 관계나 따지고 있다니…….

한편, 두 기의 아머드 기어와 즐거운 놀이를 벌이고 있던 타라칸은 이만 싸움을 끝내기로 결정하였다.

더 이상 시간을 지체할 필요성을 느끼지 못했기 때문이다.

가슴속에 끓어올랐던 분노는 이미 해소된 지 오래고, 이

둘을 가지고 노는 것도 슬슬 지겨워진 것이었다.

그렇게 막 싸움을 끝내려는데, 자신을 필사적으로 막고 있는 두 기의 강철 인형 뒤편으로 슬금슬금 뒷걸음질 치는 강철 인형 하나가 눈에 띄었다.

한 놈이 다른 강철 인형들의 뒤에 숨어 있다는 것은 이미 눈치채고 있었지만, 녀석이 무슨 짓을 하려는 것인지는 파악하지 못한 타라칸이었다.

호기심이 생긴 타라칸은 뒤에 있는 강철 인형을 먼저 처리하기로 마음먹었다.

그것은 단순히 자신의 재미를 위해서라든가, 혼자 뒷걸음질 치는 모습이 비겁해 보여서가 아니었다. 왠지 그 녀석에게서 은근한 살기와 광기가 풍겨 나오고 있기 때문이었다.

작고 약한 몸을 가지고 있으면서도 자신을 위협하던 블러드 고블린 토요시를 떠올리게 하는, 그 더러운 기운을 다시 느끼게 되자 타라칸의 심기는 더욱 불편해졌다.

타닥! 휙!

체고 3m에 몸길이가 6m에 이르는 거대한 몬스터가 자신들을 훌쩍 뛰어넘는 모습에 노재욱과 김환구는 경악하였다.

그야말로 눈 깜짝할 사이였다.

노재욱이 아무리 베테랑 아머드 기어 드라이버라고 하지만, 눈앞에서 순식간에 타깃이 사라지자 당황하지 않을 수가 없었다.

그것은 김환구 또한 마찬가지였다.

하지만 지금 이 순간 누구보다 놀란 것은 바로 그 두 사람의 뒤에 숨어 있던 노인태였다.

마른하늘에 날벼락이 치듯 거대한 몬스터가 갑자기 자신에게로 날아드는데 어느 누가 놀라지 않을 수 있을까.

노인태는 자신도 모르게 비명을 질렀다.

"으아! 살려줘!"

쾅!

타라칸은 노인태가 타고 있는 아머드 기어의 뒤편에 거칠게 착지했다. 그와 동시에 마치 야생마마냥 뒷발질로 노인태를 힘껏 걷어찼다.

쾅!

휘익!

쿵!

노인태가 탑승해 있던 아머드 기어는 타라칸의 뒷발질을 견디지 못하고 맹렬히 뒤로 날아갔다.

걷어찬 힘이 얼마나 강했는지, 땅에 몇 번을 더 튕기며 날아갔다.

노인태는 다시 일어나지 못했다.

타라칸은 여세를 몰아 이번에는 오른쪽에 있는 노재욱을 노렸다.

이미 장시간의 싸움으로 인해 상대가 지쳐 있다는 것을 파악한 타라칸이었다.

타라칸은 김환구의 개입을 고려해서 반대 방향으로 돌아가 공격을 감행했다.

당연한 일이지만, 타라칸의 지능적인 공격에 김환구는 미처 노재욱을 도울 수 없었다.

타라칸은 우선 대검을 들고 있는 노재욱의 양손을 물어뜯었다. 방패를 들고 있지 않아서 공격하는 데에는 아무런 어려움이 없었다.

꽈직!

땅그랑!

노재욱의 한쪽 팔이 무력하게 뜯겨 나가면서 들고 있던 아머드 기어용 대검이 땅에 떨어졌다.

심장에 있는 마정석의 마나를 이빨로 집중하여 물어뜯은 것이었다. 그 압도적인 힘 앞에서 특수강으로 만들어진 아머드 기어의 팔 따위는 아무 역할도 하지 못했다.

정진은 일순 머리가 멍했다.

지금 자신이 보고 있는 것을 믿을 수가 없었다.

가만히 있던 타라칸이 왜 갑자기 눈앞의 아머드 기어들을 공격하는지 이해가 되지 않은 것이다.

"정진아, 저거 그냥 놔둬도 되겠나?"

곁으로 다가와 묻는 이정진의 말에 정진은 어찌해야 할지 당장 판단이 서지 않았다.

"음, 이글 아이(Eagle Eye)."

정진은 정확한 상황 파악을 위해 심장에 남은 마나를 쥐어짜 마법을 시전했다.

그리고 곧 어이없는 한마디를 내뱉었다.

"노태 클랜……."

"뭐? 노태 클랜이 지금 여기서 왜 나오냐?"

이정진은 고개를 갸웃거리며 물었다.

"그게… 타라칸하고 싸우고 있는 것이 노태 클랜의 아머드 기어예요."

정진은 아머드 기어의 어깨에 새겨진 엠블럼을 확인하고는 허탈한 기분이 들었다.

"노태 클랜이라……. 아, 혹시 그건가 보다. 노태 클랜에서 흰머리산 던전을 쉘터로 만드는 작업 중이라고 들었거든. 혹시 거길 지원하러 가는 팀이 아닐까?"

그럴싸한 말이었다. 하지만 이정진은 곧 자신이 한 말을 부정했다.

"아니지. 그렇다면 아머드 기어만 덩그러니 올 리가 없어. 음⋯⋯."

그렇게 다시 생각에 잠기려는 찰나에 김지웅이 끼어들었다.

"형님."

"응? 왜 그래?"

"저기, 이것 좀 보세요."

김지웅은 이정진의 팔을 잡아끌어 류재욱과 강현성 형제의 틈으로 데려갔다.

"무슨 일인데 여기까지 날 데려온 거야?"

그러나 이정진은 곧 입을 다물었다.

조금 전, 자신들을 공격하던 다크 헌터들 중 한 명의 시체가 눈에 띈 탓이었다.

"낯익은 얼굴인데?"

이정진은 고개를 갸웃거리며 기억을 더듬어보았다.

분명 자신이 알고 있는 사람은 아니었다. 하지만 이상하게도 익숙하게 느껴지는 것이, 뭔가 꺼림칙했다.

"그렇죠? 형님도 이 사람 얼굴… 어디서 본 것 같죠?"

"맞아. 근데… 어디서 봤더라?"

"여기도 한 번 보세요."

김지웅이 또 다른 곳으로 이정진을 안내했다.

그곳에도 죽은 시체가 있고, 역시나 낯익은 얼굴이었다.

뭔가 심상치 않은 낌새를 느낀 김지웅과 이정진은 급기야 다크 헌터들의 얼굴을 하나하나 확인해 보았다.

"음……."

다크 헌터들의 얼굴을 모두 확인한 이정진은 인상을 찌푸렸다.

전부는 아니지만, 시체 중 상당수의 얼굴이 익숙했기 때문이다.

그때, 김지웅이 자신 없는 말투로 입을 열었다.

"이놈들, 노태 클랜 소속의 헌터 아니에요? 전에 노태 클랜 뉴 서울 지부에 있던 헌터들 같은데……."

김지웅은 자신이 처음 일꾼으로 잠입했을 때, 뉴 서울 지부에서 머물며 보았던 헌터들을 언급했다.

그 말에 이정진도 다시 한 번 시체들의 얼굴을 확인했다. 그러자 기억 속에 묻혀 있던 진실이 불현듯 떠올랐다.

'그래. 이놈들, 그때 봤던 노태 클랜 헌터들이 맞아.'

이정진은 당시 일꾼 대표였기에 노태 클랜의 헌터들과 자주 대면했다.

그러니 당연히 익숙할 수밖에 없었다.

한편, 김지웅과 이정진의 대화를 들은 정진은 저기 타라칸이 무엇 때문에 노태 클랜의 아머드 기어들을 공격하고 있는 것인지 깨달을 수 있었다.

'노태 클랜에서 일을 벌인 것이구나. 그런데 이들이 왜 우리를…….'

곰곰이 생각에 잠겨 있는 정진 곁으로 이정진이 다가왔다.

"아무래도 우릴 습격한 것은 노태 클랜인 것 같다."

정진에게서 아무런 대답이 없자 이정진이 재차 물었다.

"넌 어떻게 했으면 좋겠냐?"

경험 많은 이정진으로서도 섣불리 판단할 수 없는 문제였다.

노태 클랜이 어떤 곳이던가.

대한민국에서 다섯 손가락 안에 드는, 굴지의 클랜이 바로 노태 클랜이었다.

그런데 그런 노태 클랜이 현재 자신들을 노리고 있는 상황이었다.

결코 가볍게 생각할 문제가 아닌 것이다.

사실 팀 아케인의 실질적 우두머리는 정진이었다. 그러니 지금과 같은 상황에서는 정진의 생각이 중요했다.

"아무래도 노태 클랜에서 우릴 찍은 것 같네요."

잠시 숨을 고른 정진은 이윽고 결심을 내린 듯 말을 이어나갔다.

"일단 우린 이번 일과 아무런 연관이 없는 것입니다. 다크 헌터가 노태 클랜을 습격했고, 그런 후에 다시 강력한 몬스터가 난입하여 모두 전멸시킨 거예요."

정진의 판단으로는 이것이 최선이었다.

그밖에 어떤 음모가 더 숨겨져 있을지 모르기에, 그냥 사건 자체에서 발을 빼기로 마음먹은 것이었다.

괜히 일이 복잡하게 꼬이면 불의의 피해를 당할 수도 있다는 계산이었다.

"그렇지만 바디 캠은 어떡하지? 바디 캠에 다 녹화가 되어 있을 텐데, 그렇게 거짓으로 보고할 순 없어."

바디 캠은 정진도 미처 고려하지 못한 요소였다. 정진은 재빨리 차선책을 내놓았다.

"음, 그럼 우린 다크 헌터에게 습격을 당했지만 가까스로 살아남은 것이라 하고, 노태 클랜은 몬스터에게 습격을 받은 것 같다고 보고를 하죠. 뭐, 따지고 보면 그게 사실이니까요. 노태 클랜의 아머드 기어를 습격한 타라칸의 경우만 그냥 몬스터의 습격이었다고 보고하면 될 것 같습니다."

그렇게 하면 앞뒤가 맞았다.

이정진도 곰곰이 생각해 보고는 그렇게 보고하기로 결론을 내렸다.

그러면서 뒤에 있는 다른 멤버들에게도 방금 논의된 내용을 알려주며 헌터 협회에 어떻게 보고를 할 것인지 입을 맞췄다.

Chapter 4
노인태의 최후

헌터 협회 뉴 서울 지부는 방금 들어온 소식으로 인해 아수라장이 되었다.

뉴 서울에서 북쪽으로 30㎞ 떨어진 지점에 강력한 몬스터가 출몰했다는 내용.

그것도 일반 몬스터가 아닌, 아머드 기어를 무력화시킬 수 있을 정도인데다 그로 인해 여러 헌터들이 목숨을 잃었다는 것이다.

하지만 지금, 뉴 서울 지부장 윤성식을 당황하게 만든 것은 그런 몬스터나 사고 따위의 소식 때문이 아니었다.

피해자 중 한 명이 대한민국에서 손에 꼽히는 대그룹, 노태 그룹 총수의 아들이라는 소식이 전해진 것이었다.

물론 윤성식에게 직접적인 잘못은 없다.

하지만 사람 일이란 것이 잘못이 없다고 해서 뭐든 피해 갈 수 있는 것은 아니었다.

이번 사건에 있어서 피해자가 일개 헌터였다면 당연히 문제될 일은 없었다.

하지만 사고의 피해자는 그 누구도 아닌 노인태였다.

윤성식은 요약된 보고서를 훑어보며 사고의 내용을 복기해 보았다.

몬스터에게 습격을 당할 당시, 노인태는 아머드 기어에 탑승하고 있었으며, 또 다른 아머드 기어 드라이버 네 명과 동행을 하고 있었다 했다.

그러던 중 강력한 몬스터가 그들을 습격했고, 그 결과 동행하던 드라이버들은 목숨을 잃고 아머드 기어는 폐기 처분해야 할 정도로 박살이 나버렸다.

천만다행으로 노인태는 목숨을 건졌지만, 정신적인 충격으로 인해 백치가 되어버린 것이다.

그때의 공포가 얼마나 극심했는지 사람의 얼굴을 알아보지 못하는 것은 물론이고, 사물조차 분간할 수 없을 정도였다. 거의 식물인간이 되어버린 것이다.

그 사실만 해도 뉴 서울 지부장인 윤성식으로서는 돌아버릴 지경인데, 엎친 데 덮친 격으로 그 근처에서 다크 헌터의 흔적까지 발견되었다.

그것도 자잘한 다크 헌터가 아니라, 아머드 기어 네 기와 헌터 열네 명으로 구성된 대규모 다크 헌터 조직이었다.

윤성식은 머리를 싸매고 앉아 이 일을 어떻게 처리해야 자신에게 피해 없이 해결할 수 있을지 고심 중이었다.

그렇지만 아무리 궁리를 해도 무사히 빠져나갈 구멍이 보이질 않았다.

자칫 잘못하다가는 지부장이란 자리를 보전할 수 없을지 몰랐다.

아니, 어쩌면 지구로 소환되어 다시는 뉴 어스로의 발령을 기대하지 못할 수도 있었다.

물론 지구가 여기보다 훨씬 안전하고 편의 시설도 잘 꾸려져 있지만, 윤성식은 전혀 돌아가고 싶은 마음이 없었다.

뉴 어스에서는 자신이 최고 관리자지만, 지구로 돌아간다면 헌터 협회의 중간 관리자로서 어정쩡한 삶을 살게 될 것이 분명했다.

위로는 협회의 회장과 부회장이 있고, 또 직급은 같아도 협회 본부 임원들은 지부장인 자신을 은근히 따돌렸던 것이다.

그러니 괜스레 눈치가 보이는 협회보단 지부장으로서 마음껏 권력을 휘두를 수 있는 이곳이 좋았다. 더불어 여러 헌터 클랜들로부터 들어오는 뒷돈도 이곳이 훨씬 쏠쏠했다.

그러한 상황이니만큼 윤성식이 마음 편하게 가만히 앉아 있을 수 없는 것은 당연했다.

윤성식이 이런저런 고민을 하고 있을 때, 방문 너머로 누군가의 걸음 소리가 들려왔다.

똑똑.

"들어와."

딸칵.

문을 열고 들어온 이는 윤성식의 오른팔 격인 던전 관리과의 최무식 과장이었다.

"어떻게 됐어?"

다짜고짜 묻는 윤성식.

하지만 최무식은 이미 준비라도 한 듯 또박또박 대답했다.

"예. 신고가 들어오자마자 곧바로 현장에 가봤더니, 정말로 총 아홉 기의 파괴된 아머드 기어를 발견할 수 있었습니다."

헌터 프론티어

"그래서 노태 클랜의 아머드 기어 드라이버들은 모두 어떻게 됐어? 정말로 다 죽은 건가?"

"예. 정말이지 끔찍했습니다. 두 명은 강화 플라스틱으로 만들어진 콕핏이 부서지면서 압사를 당했고, 또 한 명은 무언가 날카로운 것에 베인 듯 타고 있던 아머드 기어와 함께 시체가 양단되어 있었습니다. 다른 한 명은 충격이 심했는지 심장마비로 사망한 상태였습니다."

"후……."

윤성식은 할 말을 잃었다.

다른 것은 고사하더라도, 베테랑인 아머드 기어 드라이버가 몬스터와 교전 중 심장마비로 사망을 했다는 게 믿겨지지 않은 것이다.

"몬스터의 흔적은?"

"어디에서도 찾아볼 수 없었습니다."

"음… 그게 끝인가?"

"예. 그리고 그 인근에서 다크 헌터들에게 습격당한 팀 아케인이라는 헌터 팀의 전투 결과도 상당히 놀라웠습니다."

"그건 또 무슨 소리야?"

윤성식은 부하의 말에 고개를 갸웃거렸다.

"네. 팀 아케인이 다크 헌터와 전투를 벌였다는 현장을 확인해 보니, 정말로 다크 헌터들의 시체와 네 기의 아머드 기어가 있었습니다. 그리고 전투 상황을 조사하던 중 팀 아케인이 다크 헌터들을 상대로 일방적인 우세를 보였다는 것이 밝혀졌습니다."

"일방적인 우세? 그게 말이 되는 소리야?"

윤성식은 도저히 믿을 수가 없었다.

드러난 전력 차만 놓고 보더라도 당연히 팀 아케인은 전멸해야 마땅한 것이다.

그러나 최무식은 가타부티 설명하지 않은 채 윤성식의 앞으로 무언가를 내밀었다.

"이것을 보십시오."

최무식이 내민 것은 바로 현장 조사를 하며 기록한 디지털카메라였다.

"여길 보십시오. 이 지점에서 다크 헌터들이 숨어 있다가 팀 아케인을 습격하기 위해 뛰쳐나왔습니다. 그러고는 이 동선을 따라 달려가다가… 여기, 이자가 가장 먼저 죽은 다크 헌터입니다."

디지털카메라의 화면 속, 화살을 맞고 쓰러져 있는 시체의 머리맡엔 1이라는 번호표가 놓여 있었다.

그리고 그 앞쪽으로도 시체들이 쭉 이어져 있었다. 그곳에도 각각 번호표가 세워져 있었다.

윤성식은 지그시 관자놀이를 짚었다. 복잡한 상황 때문에 과부하가 온 것인지, 갑자기 머리가 아파온 탓이었다.

뉴 어스에선 헌터 협회 직원이 수사관 역할까지 맡고 있기에 사건 현장도 도맡아 조사했다.

물론 헌터 협회 직원이 100% 모든 업무를 처리하는 것은 아니고, 뉴 어스 내의 거대 클랜에서 파견된 자경대원들과 함께 조사를 하는 것이었다.

사건이 발생하면 그것의 시시비비를 가린 후, 헌터 협회에 보고를 하는 것이 지부장의 역할이었다.

헌터 협회는 그것을 토대로 보고서를 검토하여 정부로 넘겼다.

그러면 정부에선 검찰 특수부에 다시 수사 지시를 내리는데, 대부분은 현장에 출동조차 하지 않거나, 형식적으로만 방문할 뿐이었다.

사정이 이렇다 보니 대개 헌터 협회가 보내온 자료를 근거로 구형을 하는 시스템이었다.

뭔가 비리나 사건 은폐에 취약한 구조지만, 딱히 어쩔 수 없는 노릇이기도 했다.

뉴 어스는 일반인은 쉽사리 접근한 수 없는, 나름 특수한 지역이기 때문에 아무리 검찰 특수부라 해도 몬스터가 우글거리는 뉴 어스를 꼼꼼하게 조사할 수 없었다.

엘리트 코스를 밟고 있는 그들이 굳이 이런 일에 목숨을 걸 이유는 없는 것이다.

그러니 뉴 서울 지부장인 윤성식이 보내는 사건 보고서가 곧 최종 보고서가 되는 셈이었다. 그런 만큼 지금처럼 복잡한 사건의 경우엔 뉴 서울 지부장인 윤성식의 머리가 복잡해지는 것은 당연한 일이었다.

"음……."

약간의 시간이 흐른 후, 윤성식은 겨우 두통이 가라앉는 것을 느끼고는 다시 디지털카메라를 들여다보았다.

가만히 기다리고 있던 최무식은 다시 사진을 넘기기 시작했다.

"이것도 한 번 보십시오."

이번엔 다크 헌터의 시체가 아니라, 다크 헌터가 운용한 듯 보이는 아머드 기어의 사진이었다.

검정색으로 칠해진 다크 헌터의 아머드 기어는 언뜻 보기엔 노태 클랜의 아머드 기어와 무척이나 닮아 있었다.

흰 바탕색 위에 붉은색이 칠해진 노태 클랜의 아머드 기

어와 다른 점이 있다면, 온통 검정색으로 칠해졌다는 사실
뿐이었다. 심지어 같은 무사시 Ⅱ. 서로 기종까지 똑같았
다.

참으로 기막힌 우연이 아닐 수 없었다. 하지만 윤성식은
그런 것에 대해 깊이 생각하고 싶지 않은지, 다크 헌터의
아머드 기어들의 상태에만 관심을 가졌다.

"다른 것은 그렇다 쳐도… 이건 어떻게 된 거야?"

윤성식이 가리킨 것은 양팔과 하반신이 땅속 깊숙이 박혀
있는 아머드 기어의 사진이었다.

그것은 사실 최무식 자신도 가장 의아해하던 부분이었다.

물론 나중에 지부에 도착해서 팀 아케인을 조사하는 과정
에서 사실을 파악하게 되었지만, 설명을 듣지 않은 윤성식
으로서는 궁금해하는 것이 당연했다.

"예. 그건 팀 아케인에 소속된 마법사가 그렇게 했다고
합니다."

"마법사?"

"예. 마법사 말입니다."

무슨 동화 속 이야기도 아니고, 갑자기 마법사란 단어가
나오자 윤성식은 눈앞에 있는 최무식이 자신을 가지고 장난
을 치는 것은 아닌가 싶었다.

그렇지만 평소 그의 성격을 알고 있는 윤성식은 화를 내지 않고 재차 진지하게 물었다.

"마법사라니, 지금 나랑 장난을 하자는 건가?"

"아닙니다. 한동안 이슈였던 그 재판 말입니다. 지부장님께서도 기억나시지 않습니까?"

재판 중에 등장한 마법사.

한동안 엄청난 이슈가 된 사건이었다. 그랬기에 뉴 어스에 똬리를 틀고 있는 윤성식도 알고 있는 소식이었다.

"그거야 나도 들었지. 잠깐만. 뭐? 그럼 설마 그 마법사가……."

"예. 팀 아케인에 바로 그 마법사가 속해 있다고 합니다."

윤성식은 눈을 동그랗게 뜨며 최무식을 바라보았다.

하지만 아직 그가 놀랄 일은 더 있었다.

"그런데 그것보다 더 중요한 게 있습니다. 여길 보십시오. 여기……."

카메라의 액정 위로 떠오르는 또 다른 사진.

한쪽 무릎관절이 박살 난 채 쓰러져 있는 아머드 기어의 모습이 보였다.

"여길 보시면 아머드 기어의 다리가 끊어진 것이 보이는

데, 저희가 조사한 바에 의하면 어떤 물리력이 작용해 끊어진 것이 아니라 아머드 기어의 관절이 금속피로 현상에 의해 자체 무게를 이기지 못하고 부러진 것으로 밝혀졌습니다."

"엉? 그건 또 무슨 말도 되지 않는 말이야? 아무리 다크 헌터들이 막무가내인 놈들이라고는 해도 아머드 기어를 점검도 하지 않고 끌고 나왔다는 말인가?"

"믿기 어려우실 수 있습니다만, 이건 아주 오랫동안 아머드 기어를 정비해 온 자경대 소속 아머드 기어 정비과 과장의 의견입니다. 그의 말에 따르면, 의심의 여지가 없을 만큼 확실한 금속피로 현상에 의한 파손이라고 했습니다."

전문가의 소견이라면 의심의 여지가 없었다. 윤성식은 차분히 이야기를 들어보기로 했다.

"그리고 아머드 기어의 관절에 금속피로를 일으킨 원인으로는, 여기 보이는 것처럼 마법이 관여한 것이 아닌가 하는 소견이 있었습니다. 오랫동안 점검하지 않아서 자체적으로 망가졌다고 하기엔 관리 상태가 훌륭했기 때문입니다."

"그것 또한 마법사의 소행이었다는 건가?"

"예. 그리고 한 가지 더 흥미로운 점은… 팀 아케인 소속 헌터들이 전부 아티팩트로 무장했다는 사실입니다. 실제로 다크 헌터들의 시체 상태를 분석해 보니 사실일 가능성이 매우 높다는 결과가 나왔습니다."

윤성식은 작게 신음을 흘렸다.

팀 아케인의 모든 멤버가 아티팩트를 가지고 있다는 말에 충격을 받은 것이다.

아티팩트는 일개 헌터가 보유할 정도의 싸구려 장비가 아니었다.

그리고 경제적인 효율을 따졌을 때, 팀 전원이 아티팩트를 구비하고 있는 것보단 차라리 그 자금으로 아머드 기어를 사는 것이 훨씬 이득이었다. 그게 몬스터 사냥에 있어서는 훨씬 안전하고 효율적이기 때문이다.

그런 점에서 일개 몬스터 헌팅 팀인 팀 아케인이 어딘가 수상하게 느껴졌다.

아머드 기어조차 무력화시킬 수 있는 아티팩트를 전원 소유하고 있다니…….

윤성식은 관자놀이를 꾹 누르며 다시금 깊은 생각에 빠졌다.

최무식은 윤성식이 다음 지시를 내릴 때까지 가만히 서서 대기하였다.

✝   ✝   ✝

팀 아케인은 당초 계획과 다르게 뉴 서울에 남아 있었다.

원래 계획은 뉴 서울에 복귀 신고를 한 후, 곧바로 게이트를 통해 지구로 돌아가는 것이었다.

하지만 다크 헌터의 습격으로 인해 일정이 틀어져 버렸다.

"형님, 저희는 언제까지 여기서 대기해야 합니까?"

지웅의 물음에 다른 멤버들도 궁금했는지 이정진의 돌아보며 그의 대답을 기다렸다.

"아마도 내일까진 있어야 할 것 같다. 서울로 돌아가서도 며칠 동안은 헌터 협회와 검찰 특수부에 출두해서 증언을 해야 할 거야."

"젠장, 귀찮게 됐구만……."

김지웅의 투덜거림에 내심 공감하는 팀 아케인 멤버들이었다.

자신들이 죄를 지은 것도 아닌데, 이렇게 붙잡혀 있다는 사실이 어지간히도 짜증나는 것이었다.

"참, 그리고 아까도 당부했지만, 노태 클랜이나 노인태에 관한 건 절대 언급하지 말고 아까 말한 것만 이야기하도록

해. 다들 알았지?"

"알고 있습니다. 억울하지만, 당장은 우리에게 힘이 없으니 어쩔 수 없죠. 확실한 물증도 없는데 괜히 노태 클랜을 걸고넘어졌다가는 어떤 꼴을 당할지 잘 알고 있습니다."

"그래. 아직은 힘이 없으니 어쩔 수 없어. 하지만 앞으로 정진이가 계획하는 대로만 일이 진행된다면 머지않아 우리에게도 힘이 생길 거다."

"알겠습니다. 그런데 그 계획이란 게 대체 뭔가요? 저희도 좀 알고 싶습니다."

뉴 서울로 복귀하기 전 입을 맞출 때, 정진과 이야기하던 것을 김지웅이 얼핏 들은 듯했다.

하지만 이정진은 가타부타 대답해 주지 않았다.

아직은 사실을 말하기에 시기상조인 탓이었다.

만약 정진이 계획하고 있는 일이 외부로 알려졌다가는 기득권층에서 가만히 두고 보지는 않을 것은 당연했다.

그러니 계획이 안정 궤도에 안착하기 전엔 비밀로 하는 것이 최선이었다.

† † †

크앙!

타라칸은 크게 하울링을 터트리고는 저만치 나가떨어진 아머드 기어를 향해 뛰어들었다.

아머드 기어는 타라칸과의 전투로 상당한 피해를 입었기에 쓰러진 상태에서 바로 일어나지 못하고 있었다.

그런 아머드 기어 위로 뛰어든 타라칸은 공중에서 떨어지며 앞발을 강하게 내려쳤다.

쾅!

꽈직!

커다란 충돌음에 이어 뭔가가 부서지는 끔찍한 굉음이 터져 나왔다.

아머드 기어의 콕핏이 타라칸의 앞발 공격을 견디지 못하고 으깨져 버린 것이었다.

이내 산산조각 난 콕핏의 틈새로 시뻘건 핏물이 배어 나왔다.

하지만 타라칸은 그런 것에는 관심도 없다는 듯이 획 돌아서서는 또 다른 타깃을 향해 달려갔다.

덥썩!

그그그긍!

타라칸은 자신의 공격에 날아갔다가 이제 막 비틀거리며

일어서고 있는 아머드 기어를 공격했다. 그러고는 하나 남은 팔을 물어뜯은 뒤에 계속해서 날뛰었다.

타라칸의 공격에 한 팔이 날아가 겨우 균형을 잡으며 일어나던 노재욱은 속이 울렁거리고 시야가 흔들려 좀체 정신을 차리지 못했다.

그런데 갑자기 몸이 뒤로 당겨지는 듯한 느낌에 짧은 비명을 내질렀다.

"악!"

꽈극그극!

터덩! 터덩!

타라칸이 다시 달려들어 남은 한 팔을 물어뜯은 것이다.

그렇게 질질 끌려가던 노재욱은 갑자기 아머드 기어의 육중한 몸체가 공중으로 붕 뜨는 느낌을 받았다.

'어, 뭐지?'

몸이 뜨는 느낌에 의아해하던 것도 잠시.

이번엔 갑자기 몸이 곤두박질치는 느낌이 들었다.

그리고 다음 순간, 해머로 가슴을 내려치는 듯한 충격에 노재욱은 숨이 콱 막혔다.

'헉!'

너무도 큰 충격에 노재욱의 심장은 버텨내질 못하고 결국 멈춰 버렸다.

타라칸은 다시 한 번 아머드 기어를 물고 높이 뛰어 오르려다가 그 안에 있는 인간이 죽은 것을 알아차렸다.

타라칸은 질려 버린 장난감을 내던지듯 주인 잃은 아머드 기어를 한쪽으로 던져 버렸다.

쿵!

이제 남은 적은 하나뿐이었다.

다른 강철 인형에 있던 이들이 보호하려 애쓰던 존재.

타라칸이 보기에 그는 자신에게 맞서 싸우려던 것과 다르게 도망을 치려고 눈치만 보던 인간이었다.

챔피언급에 이르러 높은 지성을 갖추게 된 타라칸은 그런 인간을 용서할 수 없었다.

어차피 놈을 가장 먼저 무력화시켜 두었기에 걱정 따윈 하지 않았다.

그리고 지금, 방해가 될 만한 건 아무것도 없었다.

가장 맛있는 먹이를 뒤로 미뤄두었던 타라칸은 느긋하게 적을 향해 다가갔다.

그 시각, 노인태는 타라칸의 공격에 잠깐 기절을 했다.

그러나 하늘도 무심한 것인지, 정신을 차리자마자 지옥을 맞이하고 말았다.

지켜주는 이 하나 없는 상황에서 너무도 공포스러운 존재가 자신을 향해 다가오고 있는 것이었다.

타닥, 탁탁.

불이 꺼진 계기판, 점점 다가오는 몬스터.

무엇 하나 할 수 있는 게 없었다.

당황한 노인태는 이것저것 아무거나 손이 가는 대로 조작을 해보았다. 하지만 이미 박살 난 아머드 기어가 다시 작동할 리는 없었다.

"제길! 제길!"

노인태는 캄캄한 콕핏 속에서 분통을 터뜨렸다.

하지만 곧 이성을 되찾았다. 지금이 얼마나 급박한 상황인지 파악한 노인태는 더 이상 작동하지 않는 아머드 기어를 포기하고 밖으로 나가기로 결심했다.

"안 되겠다. 이대로 있을 수 없어."

아머드 기어가 고장이 났을 때 해야 할 절차를 떠올린 노인태는 이윽고 긴급 탈출 버튼을 찾아냈다. 그것은 비상시를 대비하여 독립적인 동력으로 작동하는 탈출 시스템이었다.

디리릭! 픽!

가스가 빠지는 소리가 들리고, 곧 콕핏이 몸체에서 떨어져 나갔다.

그 순간, 노인태의 눈에 들어온 것은 커다란 래피드 타이거가 아머드 기어의 팔을 물고 공중으로 뛰어 오르는 모습이었다.

무려 20m나 뛰어오른 놈은 아머드 기어 위로 떨어지면서 몸체를 짓밟았다.

마치 프로레슬링 경기 도중 탑 로프에서 적을 껴안고 뛰어내리는 것처럼 아주 지능적인 공격이었다.

쿵!

충돌 에너지가 얼마나 무지막지한지, 마치 지진이 일어난 것처럼 노인태의 몸까지 충격이 전해져 오는 듯했다.

"헉!"

노인태는 뒤도 돌아보지 않고 반대 방향으로 뛰기 시작했다.

"살아야 돼! 난 살아야 돼!"

그런 그의 뒤로 노재욱을 막 처치한 타라칸이 천천히 다가갔다.

노인태는 뒤도 돌아보지 않고 뛰고 또 뛸 뿐이었다.

"헉! 헉!"

기대와 다르게 노인태는 금방 숨이 차기 시작했다.

헌터의 몸이지만 평소 관리가 소홀했던 탓도 있고, 또 타라칸이 뿜어내는 위압감 때문에 근육이 잔뜩 긴장된 까닭이었다.

그르릉!

"헉!"

노인태는 숨이 턱 막혔다.

도망을 치다가 잠시 멈춰 서서 숨을 고르고 있는데, 바로 등 뒤에서 그르렁거리는 몬스터의 소리가 들려온 것이다.

고개를 돌려보니 불과 5m도 떨어지지 않은 곳에서 거대한 래피드 타이거가 자신을 노려보고 있는 게 아닌가.

숨 막히는 공포를 느낀 노인태는 그 자리에 굳어버렸다.

급기야는 다리에 힘이 풀려 자리에 주저앉고 말았다.

주르륵!

너무 큰 충격에 오줌이 질질 흘러나왔다.

하지만 노인태는 겁에 질려 그런 자신의 상황을 전혀 인지하지 못하고 있었다.

"타라칸이 노태 클랜의 아머드 기어들을 모두 처리한 것 같은데요."

"잘됐네요. 근데 그나저나 노태 클랜 놈들, 도대체 무슨 속셈인 거지?"

김지웅의 허탈한 감상평에 강진성이 피 묻은 볼트들을 손수건으로 닦으며 중얼거리듯 말했다.

그러자 이정진이 어금니를 꽉 깨물며 입을 열었다.

"아무래도 이 모든 일은 노태 클랜의 노인태 사장이 벌인 것 같다."

"노인태 사장이요? 왜죠? 대체 뭣 때문에 이런 위험한 짓을 벌였다는 겁니까?"

이정진은 편하게 앉을 만한 곳을 살피더니, 널찍한 바위를 찾아 그 위에 걸터앉았다. 그러고는 이내 입을 뗐다.

"노인태 사장이 정진이와 재판을 벌인 것은 다들 알고 있지?"

이번에 새로 합류한 류재욱은 자세한 내용을 모르지만, 정진의 재판 때문에 팀 아케인이 한동안 몬스터 사냥을 하지 못한 적이 있다는 사실은 얼핏 들은 기억이 있었다.

"그럼 지금 노인태 사장이 재판에서 진 것 때문에 앙심을 품고 이런 일을 벌였다는 말씀입니까?"

"난 그렇게 생각한다. 여기 이자는 노태 클랜의 뉴 서울 지부 소속 헌터고, 또 여기도, 여기도…… 그리고 저기 뒤쪽에 있는 저 시체는 흰머리산 던전 프로젝트의 책임자다."

이정진이 가리키는 시체의 얼굴을 본 강진성은 가물가물한 기억을 되살리려 애를 썼다.

"저자가 정말로 노태 클랜의 간부란 말씀입니까?"

"그래. 아마 이름이 박용식이었을 거다. 직급도 상당히 높았던 것으로 알고 있다. 당시 탐사대 호위 책임자도 노태 클랜에서 팀장을 맡고 있었는데, 당시 그가 이자에게 존대하던 것만 봐도 알 수 있지."

강진성으로서는 도무지 믿기지 않아 당시 함께 던전 탐사에 참여한 김지웅에게 시선을 돌렸다.

김지웅은 말없이 고개를 끄덕이는 것으로 대답을 대신하였다.

김지웅까지 나서서 이정진의 말이 사실이라고 하는 상황이다 보니 더 이상 의심의 여지가 없었다.

"이런 개 같은……."

진실을 알게 된 강진성은 물론이고, 팀 아케인 멤버 모두가 분노하였다.

그냥 가슴에 묻어두지 못할 만큼 열불이 터졌기 때문이다.

그러던 와중에 이정진은 저 멀리 타라칸의 모습을 살피다

헌터프론티어

가 갑자기 소리쳤다.

"어? 정진아!"

다급하게 부르는 소리에 정진이 그를 돌아봤다.

"네?"

"타라칸을 어서 멈춰라!"

"네? 갑자기 그게 무슨……."

"일단 그만하라고 해! 저기 저자가 죽으면 문제가 커진다. 어서!"

무언가 다급해 보이는 이정진의 모습.

까닭은 모르지만, 정진은 일단 그의 말을 따르기로 하였다.

[타라칸, 멈춰! 그를 죽이면 안 돼!]

정진은 텔레파시를 이용해 황급히 타라칸에게 명령을 내렸다.

정진의 명령이 제대로 전달되었는지, 타라칸은 막 물어뜯으려던 것을 멈추고서 앞발로 노인태의 머리를 한 대 툭, 치고는 어슬렁어슬렁 숲속으로 사라졌다.

타라칸이 숲으로 사라지고 나서야 정진은 궁금한 표정으로 이정진을 쳐다보았다.

그러자 이정진은 한숨을 쉬며 자신이 말린 이유를 설명

했다.

"휴, 너도 이번에 겪어봐서 알겠지만, 재벌들, 아니, 권력을 가진 족속들은 대부분 자신들의 기분에 따라 행동을 한다."

이정진은 잠시 말을 멈추고는, 잠시 팀 아케인 멤버들을 둘러보았다.

모두가 이정진의 말에 집중하고 있었다.

"노인태가 속한 노태 클랜의 아머드 기어 팀이 몬스터의 습격에 의해 전멸했다고 치자. 그리고 그 장면을 목격한 우리가 신고를 했다고 가정해 보는 거야. 그럼 노인태의 아버지인 노태규 회장은 어떤 생각을 할까?"

아무도 말을 꺼내지 못하는 가운데 김지웅이 조심스레 입을 열었다.

"음, 아마 자신의 아들의 시신을 찾아주었으니 우리에게 고맙다고 사례를 하지 않을까요?"

"왜 그렇게 생각하지?"

"그거야 뉴 어스에서 몬스터에게 죽는 것과 지구에서의 죽음과 다르잖아요. 뉴 어스에게 죽으면 십중팔구 몬스터들의 먹잇감이 되어 갈기갈기 찢겨 잡아먹히게 되니까요. 그런 곳에서 시체라도 찾을 수 있다는 것이 얼마나 큰 행운입니까? 그러니 고맙다고 하겠죠. 당연히 사례도 할 거구요."

김지웅의 말엔 나름 일리가 있었다. 팀 아케인 전부 그럴 듯하다고 생각하며 고개를 끄덕였다.

하지만 이정진은 고개를 가로저었다.

"아니, 틀렸어. 지웅이, 네 생각은 너무 온건하구나. 내 장담하지만, 노태규 회장은 아마 그것과는 정반대로 행동할 것이다."

김지웅이 어리둥절한 표정으로 물었다.

"그럼 어떻게 한다는 거죠?"

"아마 우리가 노인태 사장이 몬스터의 공격당하는 것을 보면서 아무런 도움도 주지 않았다 판단하고 앙심을 품을 것이다."

"아니, 그게 무슨 소립니까? 그럼 아머드 기어를 사탕 깨물어 먹듯이 간단히 씹어 먹는 몬스터한테 우리가 덤벼들어야 한다는 말입니까?"

김지웅은 말도 되지 않는다는 듯 소리쳤다.

하지만 정진 또한 이정진과 비슷한 생각이었다.

옛말에 그 아버지에 그 아들이란 말이 있다.

자식은 부모를 보고 배운다. 그러니 노인태의 막무가내인 성격이 어디서 기인되었는지는 **빤했다.**

"저도 그럴 수 있다고 생각해요."

정진이 이정진을 거들고 나서자 김지웅은 도저히 믿을 수 없다는 듯한 표정을 지었다.

"뭐라고? 너도 저 말도 안 되는 소리를 믿는단 말이냐?"

"네. 형님도 보셨잖아요. 노인태 사장이 제게 어떤 억지를 쓰고, 자신의 욕심을 관철시키기 위해 무슨 짓을 벌였는지 말이에요. 그런데 그게 노인태 사장만의 생각이었을까요? 대한민국에서도 손꼽히는 굴지의 그룹인데, 노인태 독단적으로 고소를 진행했을까요?"

강현성과 진성, 그리고 류재욱은 잠시 생각을 하다 고개를 끄덕였다.

"그럴 수도 있겠다."

"맞아. 만약 여기서 노인태가 죽으면, 노태규는 무슨 수를 써서라도 우리를 피의자로 만들 게 분명해."

"그럴 거 같네요. 그 아비에 그 아들인 법이니까요."

멤버들이 한마디씩 늘어놓자 김지웅도 납득이 간 듯 자신의 고집을 꺾었다.

"그래, 정진이 네 말을 들으니 정말 그렇게 생각할 수도 있겠다. 흠… 그럼 어떻게 합니까, 형님?"

"일단 노인태 사장은 무사하니, 그를 데리고 뉴 서울로 돌아가 신고를 해야지."

이정진이 대답했다. 어딘가 찝찝한 구석은 있지만, 지금
으로서는 그것이 최선이었다.

마음 같아서는 자신들 습격하라고 지시를 내린 노인태를
죽이고 싶었지만, 그렇게 한다는 것은 너무도 위험했다.

대한민국 재계 서열 5위권의 노태 그룹 로열패밀리인 노
인태다.

그가 아무리 집안에서 내놓은 자식이라고 알려지긴 했어
도 그래도 '내 집 개새끼는 때려도 내가 때린다' 는 마인드
를 가진 그들이기에 억울하다 해도 노인태를 죽일 수 없는
것이었다.

그렇다고 죽을 위기에 빠진 노인태를 방관하는 것 또한
그들에게 좋은 명분을 줄 수 있는 문제였다.

자신들의 목숨을 노린 노인태의 생명을 구할 수밖에 없는
처지가 된 팀 아케인의 멤버들은 다시 한 번 가슴 깊은 곳
에서 분노의 불덩이가 활활 타올랐다.

"일단 우리가 챙길 수 있는 것은 모두 챙겨라. 그리고 정
진이는 저기 노태 클랜의 아머드 기어가 있는 곳으로 가서
살펴봐 줘. 타라칸의 행동으로 봐선 아마도 노인태 사장만
살아 있을 것 같으니……."

"알겠습니다. 다른 분들은 저기 다크 헌터들의 아머드 기어 근처로는 다가가지 마세요. 아직 저들은 어떤 상태인지 알 수 없으니까요."

정진은 뒤에 남은 멤버들에게 경고를 해주었다.

현재는 아무런 움직임이 없지만, 다크 헌터의 아머드 기어들은 확실하게 정리하지 못해서 언제 어떤 움직임을 보일지 모르기 때문이었다.

팀 아케인 멤버들은 다크 헌터들의 시신을 수습해서 그들이 착용하고 있던 파워 슈트와 돈이 될 만한 것들을 거둬들였다.

다크 헌터의 소지품은 대개 그들을 제거한 헌터의 몫.

지구에서라면 상상도 못할 일이겠지만, 이는 뉴 어스에서 활동하는 헌터들에게는 불문율처럼 통하는 일이었다.

정진은 기절한 노인태를 잠시 일별하고, 우선적으로 아머드 기어들을 살폈다.

세 기의 아머드 기어 콕핏에서는 시뻘건 핏물이 흘러나오고 있는데, 남은 한 기에선 선혈의 흔적이 보이지 않았다.

'이건 마지막에 타라칸이 공중으로 던진 놈이구나.'

정진은 그나마 멀쩡해 보이는 아머드 기어로 다가가 마법을 펼쳤다.

"생명을 추적한다, 디텍트 라이프(Detect Life)."

평상시라면 수식어를 외치지 않았겠지만, 지금은 상황이 여의치 않았다.

최대한 마나를 아껴야 하는 것이다.

'역시 아무도 없군.'

하지만 마법을 펼쳐 봐도 역시나 느껴지는 생명 반응은 뒤쪽에 있는 노인태뿐이었다.

아머드 기어 속 드라이버는 피를 흘리지는 않았으나 이미 죽은 것이 분명했다.

더 이상 팀 아케인의 안전을 위협할 존재가 없다는 것을 확인한 정진은 그제야 노인태에게 다가갔다.

잠시 말없이 기절해 있는 노인태의 얼굴을 지그시 내려다 보던 정진은 무슨 생각을 했는지 잠시 주변을 둘러보았다.

그러고는 몸을 돌려 팀 아케인 멤버들이 알아채지 못할 만큼 작은 목소리로 주문을 외웠다.

"영원한 두려움의 저주, 커스 오브 패닉(Curse of Panic)."

인간의 원초적인 공포를 극대화시켜 영혼을 잠식하는 '커스 오브 패닉'은 아케인 제국에서 흉악한 죄를 저지른 범죄자나 마법사를 징치하는 하나의 형벌이었다.

형벌을 받는 이는 자신이 가장 두려워하는 공포의 대상으로부터 계속해서 위협당하는 착각에 빠지게 되는데, 이는 정신이 깨어 있든 말든 상관이 없었다.

아니나 다를까, 노인태는 마법이 발동되자마자 몸을 바르르 떨어 댔다.

"으아악! 안 돼!"

노인태가 지금 어떤 대상을 보고 겁에 질린 건지 정진으로서는 알 수 없었다.

하지만 점점 미쳐 가고 있다는 것만큼은 확실했다.

Chapter 5
노태규 회장과의 협상

수많은 사람들로 붐비는 대형 종합병원.

검은 양복을 입은 일단의 사람들이 모여들었다.

그들은 좁은 병원 복도를 점유하며 걸어가고 있지만, 어느 누구 하나 나서서 뭐라 말을 하지 못했다.

그들에게서 흘러나오는 불길한 오라 때문이었다.

딱딱하게 굳은 표정으로 뭔가 사생결단을 낼 것만 같은 분위기.

괜히 시비가 붙기라도 했다가는 결코 무사하지 못할 것이라는 생각이 절로 들 만큼 모두들 기가 눌렸다.

"여긴가?"

검은 양복 무리의 가장 선두에 서서 걷던 노태규 회장이
나직하게 말을 꺼냈다.

"그렇습니다."

노태규 회장의 질문에 답을 한 것은 그의 비서가 아닌 하
준수 전무였다.

하준수는 노태규 회장의 지시로 일을 하고 있었는데, 뉴
서울 지부에서 전해져 온 정보를 듣고는 급히 노태규 회장
을 수행하여 이곳 보라매 병원을 찾은 것이다.

신림동에 위치한 보라매 병원은 게이트가 발생한 이후,
몬스터로 인한 피해자와 헌터들을 치료하는 전문 병원으로
지정된 곳이었다.

노태 그룹의 총수인 노태규 회장이 지금 이곳을 찾은 이
유는 급한 연락을 받았기 때문이다.

노인태가 정신이상 증세를 보여 강제수용 중이라는, 그야
말로 충격적인 소식이었다.

노태규 회장은 도저히 그 말을 믿을 수가 없었다.

강원도 별장에 잘 있던 자식이 갑자기 뉴 어스에서 몬스
터의 습격을 받아 정신이상이 되었다는 사실을 어떻게 믿겠
는가.

모든 일에서 손을 떼고 자숙하고 있어야 할 놈이 그런 일

을 당했다는 말에 처음엔 질 나쁜 농담이라 여겼다.

하지만 자신에게 농담을 할 수 있는 사람이 이 세상에 몇이나 있겠는가. 특히 자신이 죽으라면 죽는 시늉까지 하는 하준수 전무인데 말이다.

결국 노태규 회장은 피할 수 없는 현실을 받아들여 이렇게 직접 찾아온 것이었다.

노태규 회장이 노인태가 수용된 병실 앞에서 멈춰서자 곧 누군가가 헐레벌떡 뛰어왔다.

"안녕하십니까."

"음? 자넨 누군가?"

의사 가운을 걸친 남자는 황송하다는 표정을 지으며 어렵게 입을 열었다.

"아, 예. 제가 바로 이 병원 원장인 백윤식이라 합니다."

반쯤 벗겨진 대머리에 메기를 닮아 두툼한 입술. 거기에 살은 얼마나 쪘는지 튀어 나온 배는 임산부를 방불케 하며, 두툼한 턱살에 파묻힌 목은 보이지도 않았다.

겉모습만 봐도 그의 첫인상은 결코 좋지 못했다.

욕심 많은 돼지, 그에 다를 바 없었다.

이건 단순히 노태규 회장의 심기가 좋지 못해서가 아니었다.

작게 찢어진 세모꼴의 눈은 마치 독사의 그것을 보는 것만 같았다.

자신보다 상위의 권력자라 생각되는 이들에게는 극도로 자세를 낮추고, 그렇지 못한 이들에겐 안하무인으로 행동하는 그의 인품을 노태규는 보는 즉시 눈치챘다.

그랬기에 노태규 회장은 별 관심 없다는 듯 백윤식을 힐끗 보고는 물었다.

"내 아들놈을 당장 보고 싶은데."

무척이나 강압적인 말투.

그에 백윤식은 얼른 대답을 하였다.

"예. 물론입죠, 회장님. 이봐, 뭐하나! 당장 문을 열지 않고!"

그러자 백윤식을 따라온 일행 중 한 명이 얼른 잠겨 있는 병실 문을 열었다.

덜컹.

곧 노태규는 특수 복장으로 꽁꽁 억압되어 있는 노인태의 모습을 볼 수 있었다.

"어떻게 된 건가?"

노태규는 절로 눈살을 찌푸리며 물었다.

그러자 중년 의사가 백윤식 대신 앞으로 나와 대답을 하였다.

"끊임없이 비명을 지르고 자해를 해서 어쩔 수 없이 안전을 위해 저렇게 조치했습니다."

"자해를 한다고?"

"예. 무척이나 심각한 상태였습니다."

"음……."

노태규는 작게 신음을 흘렸다.

아무리 내놓은 자식이라지만, 저리도 비참한 모습을 보고 있는 것은 무척이나 불편했다.

물론 그렇다고 노태규가 부정이 있어서 그런 것은 아니었다.

그저 자신의 핏줄이라는 놈이 다른 사람들에게 약한 모습을 보인다는 사실이 마음에 들지 않을 뿐이었다.

인상을 굳힌 노태규는 손짓으로 의사들을 방에서 내보냈다.

그러면서도 그의 시선은 강화플라스틱으로 만들어진 병실에 갇혀 있는 노인태를 향해 있었다.

"준수야."

"네. 부르셨습니까, 회장님."

"그런데 말이다, 이번 일이 혹 그놈과는 연관이 없는 것이냐?"

노태규의 음성에는 구실만 있다면 가슴속에서 끓고 있는 분노를 풀어버리겠다는 심사가 가득했다.

"아주 없진 않지만, 회장님께서 생각하시는 것과는 꽤 거리가 있습니다."

"거리가 있다? 그게 무슨 말이지?"

"사실 이번에 노인태 사장이 회장님의 지시를 어기고 뉴어스에 간 것은 그자를 직접 처리하기 위해서였습니다."

"뭐?"

"노인태 사장은 그자가 속한 헌팅 팀이 사냥에 나섰다는 정보를 입수하게 되자 박용식 부장을 시켜서 은밀하게 처리하려 했습니다. 하지만 그것만으로도 모자랐는지, 어제 직접 뉴 어스로 들어갔다는 정보를 들었습니다."

하준수는 노태규 회장의 눈치를 살피며 조심스럽게 말을 이어 나갔다.

"그… 노인태 사장이 대동한 병력은 아머드 기어 다섯 기였습니다."

"뭐? 그놈이 아머드 기어를 다섯 기나 동원했다는 말이냐?"

"그렇습니다."

"정말 어쩔 수 없는 놈이로군. 한데 그렇다면 대체 어떤 몬스터이기에 이런 사태가 벌어졌단 말이냐."

"변종 래피드 타이거였다고 합니다."

"래피드 타이거? 그것도 변종? 아니, 그놈이 얼마나 대단한 놈이기에 아머드 기어 다섯 기가 어찌하지 못하고 이지경이 된 거야?"

노태규 회장은 비록 헌터는 아니지만, 몬스터의 종류나 성향에 대해서는 어느 정도 해박한 지식을 갖고 있었다.

래피드 타이거라면 그 명칭에서 알 수 있듯이 호랑이나 표범과 생김새를 지니고 있었다.

다만, 덩치 자체는 지구의 맹수들보다 훨씬 더 컸다.

"그런데 어떻게 그런 놈이 뉴 서울 인근에 나타날 수 있는 거지? 뉴 서울의 자경대에선 뭘 하고 있던 거야!"

노인태가 사고를 당한 지점은 뉴 서울에서도 불과 30㎞밖에 떨어지지 않은 곳이었다.

그 말인즉, 안전지대라는 의미인데, 그런 괴물이 돌아다니는 사실을 모르고 있었다는 게 말이 안 된다고 생각했다.

"아무래도 그 헌팅 팀이나 다크 헌터들을 추적해 온 것이 아닌가 싶습니다."

하준수의 의견은 일리가 있었다.

하지만 노태규 회장은 그 말을 액면 그대로 받아들일 수가 없었다.

"그럼 애당초 노리던 먹이나 노릴 것이지, 무엇 때문에 인태까지 공격했냐는 말이다. 몬스터들도 배가 부르면 의미 없이 사냥을 하지는 않을 텐데?"

"그건 저도……."

"그건 그렇고, 내 아들이 이렇게 될 동안 그놈은 어떻게 됐어?"

"그놈이라면 누구를 말씀하시는……?"

"박용식이라는 놈 말이야!"

"아, 예……."

하준수는 대답하기가 곤란한 듯 잠시 뜸을 들이다 어렵게 입을 뗐다.

"그는 죽었습니다. 노인태 사장의 지시로 그자가 속한 헌팅 팀을 습격하다가 오히려 당했다고 합니다."

"뭐? 아니, 부장이라는 놈이 그런 것도 하나 처리 못해 뒈져 버렸다고?"

"네. 하지만 거기에는 변수가 있었습니다. 사실 박용식은 열네 명의 시크릿 팀 헌터와 아머드 기어 네 기를 동원했습니다."

"뭐? 아머드 기어까지 동원을 하고도 처리를 못했다고?"

"예. 결론만 말씀드리자면 그렇습니다."

"잘 죽었군, 잘 죽었어. 그런 무능한 놈은 죽는 것이 도와주는 것이야."

노태규 회장은 격분하여 말을 내뱉다가 문득 생각난 듯 물었다.

"그런데 그 정진이란 놈은 어떻게 아머드 기어를 막아낼 수 있었지? 혹시 그놈도 아머드 기어를 동원한 것이냐?"

"아닙니다. 그게 저… 회장님도 정진이라는 자가 마법을 쓸 수 있다는 이야기를 들어보셨을 겁니다."

"그렇지."

"그 말대로 그자는 마법을 이용해 아머드 기어를 땅에 묻어버렸다고 합니다."

"뭐? 그런 것이 가능해?"

"물론 모든 아머드 기어를 땅에 묻은 것이 아니라 단 한 기뿐이지만, 어찌 되었든 그가 마법을 이용해 아머드 기어를 상대한 것은 분명해 보입니다. 그런데 그보다 주목하실 만한 점이 있습니다. 그의 헌팅 팀 멤버 전원이 아티팩트를 보유하고 있어 그들이 다른 아머드 기어를 막아냈다는 사실입니다."

"뭐, 뭐라고?"

너무도 놀라운 이야기에 노태규는 순간 할 말을 잃었다.

한두 명도 아니고, 팀원 전원이 아티팩트를 보유하고 있는 이야기도 놀라운데, 아머드 기어마저 막아냈다고 하니 도저히 이해가 되지 않는 것이었다.

"아니, 그게 가능한 일인가?"

"사실 저도 잘 믿기지는 않는데, 엄연히 헌터 협회에 보고된 사실입니다. 그들은 본 클랜의 시크릿 팀을 전부 물리치고 나서 노인태 사장과 아머드 기어들이 접근하자 몸을 숨겼다고 했습니다. 그러던 중에 노인태 사장과 아머드 기어들이 몬스터의 습격을 받은 것입니다. 이후 헌터 협회 지부에서 직접 현장에 출동하여 증언의 사실 여부를 확인했다고 합니다."

"그러니까, 정진이란 놈이 박용식과 시크릿 팀을 물리치는 동안에 인태는 뒤늦게 현장에 접근하다 몬스터의 습격을 받았다?"

"예, 그렇습니다. 몬스터는 노인태 사장과 아머드 기어들을 처리하고 나서 유유히 사라졌다고 합니다."

"으음……."

모든 이야기를 듣고 난 노태규 회장은 작게 신음을 흘

렸다.

분노를 풀어야 할 대상이 아들을 살려주었다는 말이 노태규의 노화를 더욱 키웠다.

"으아악! 저리 가! 오지 마!"

그 순간, 갑자기 비명 소리가 들렸다.

노태규 회장은 황급히 고개를 돌려 소리의 진원지를 살폈다.

그곳에서는 특수 복장에 묶여 있는 노인태가 미친 듯이 비명을 질러 대고 있었다.

처참한 아들의 모습에 노태규 회장의 표정은 더욱 굳어졌다.

그러거나 말거나 노인태는 급기야 자리에서 일어나 벽을 머리로 들이받기 시작했다.

완전히 미쳐 버린 모습이었다.

되돌릴 수 없는 노인태의 모습에 노태규 회장은 결국 한숨을 쉬고는 돌아섰다.

"그만 돌아간다."

노태규 회장이 방을 나서자 곧 방문은 굳게 잠겼다.

"으아악! 오지 마! 제발! 날 죽여줘!"

병실 안에서 절규하는 노인태의 비명이 들려왔다.

노태규 회장은 잠시 멈칫하다가 다시 발걸음을 옮겨 빠르게 그곳을 벗어났다.

✝ ✝ ✝

"팔지 않겠습니다. 마침 저희도 아머드 기어가 필요했는데, 참 잘되었네요."

"아니, 팀 아케인에는 아머드 기어 드라이버가 단 한 명뿐이지 않습니까. 그런데 굳이 네 기의 아머드 기어가 전부 필요하겠습니까?"

현재 이정진은 헌터 협회 뉴 서울 지부 정비과장과 한창 실랑이를 벌이고 있었다.

금번 다크 헌터 습격 사건으로 획득한 아머드 기어를 모두 사용하겠다 주장하는 이정진과 굳이 필요도 없는 세 기의 아머드 기어를 판매하라며 종용하는 김천수 정비과장.

둘의 의견은 타협의 여지를 찾지 못한 채 평행선을 내달렸다.

"더욱이 한 기는 무릎관절을 교체해야 하고, 두 기는 회로와 구동축 등 여러 부분이 고장 난 상태입니다. 이것들을 수리하는 비용이나, 중고를 새로 구입하는 비용이나 비슷할

텐데, 굳이 세 기 모두 가져갈 필요는 없지 않습니까?"

"아니, 그럼 과장님 말대로 고쳐 쓰기도 힘든 물건을 왜 자꾸 구입하려 하시는지?"

이정진은 김천수의 말을 되받아치며 물었다.

"그거야 자경대의 아머드 기어를 운용하는 데 필요해서 그런 것 아니겠습니까."

정비과장 김천수는 이정진의 질문에 당황하며 옹색한 변명을 하였지만, 그 의도는 너무도 빤했다.

자경대는 헌터 협회 지부에서 운영하고는 있지만, 온전히 헌터 협회 소속이 아니다.

자경대가 운용하는 아머드 기어는 대부분 뉴 서울에 상주하는 대형 클랜이 지원하는데, 아머드 기어의 종이 저마다 달랐다. 클랜마다 운용하는 아머드 기어가 다르기 때문이었다.

대형 클랜들은 노태 클랜처럼 일본제 아머드 기어를 운용하는 곳도 있고, 미국제나 혹은 독일제를 운용하는 곳도 있었다.

그런데 팀 아케인이 노획한 아머드 기어는 모두 일본산인 무사시 II였다.

지금은 거의 쓰이지 않는 초기형으로, 현재 자경대에서

운용되고 있는 신형 무사시 Ⅱ와는 동종 교환도 불가능했다.

그런 상황을 잘 알고 있는 이정진으로서는 굳이 고장 난 아머드 기어를 구입하겠다고 하는 것이 영 찜찜했던 것이다.

물론 김천수의 속셈은 따로 있었다.

그의 상관이라 할 수 있는 윤성식이 어떻게든 팀 아케인과 관계를 맺어놓으라는 지시를 내렸기 때문이다.

"헌터 협회에서는 아머드 기어의 동종 교환을 권장하지 않는 것으로 알고 있습니다. 혹시 제가 잘못 알고 있는 것입니까?"

실제로 헌터 협회에선 병기인 아머드 기어의 부품 교환 시, 정품 또는 재생 부품을 사용하도록 권장하고 있었다.

그리고 다른 아머드 기어의 부품을 빼 사용하는 것을 지양했다.

만약 동종 교환을 하게 된다면 부품을 내준 아머드 기어는 운용을 할 수 없게 되어 효율성 면에서 손해를 보기 때문이었다.

물론 급박한 상황에선 어쩔 수 없지만, 그렇지 않은 때에는 정식으로 부품을 교체하여 운용하도록 정책을 펴고 있었다.

"아, 물론 그렇습니다. 하지만 이곳 사정이⋯⋯."

"일단 그 제안은 거절하겠습니다."

이정진은 영 찜찜한 마음을 떨쳐 버릴 수 없어서 결국 제
안을 거절하고 자리에서 일어났다.

"그럼 안녕히 계십시오."

사무실을 빠져나가는 이정진의 뒷모습을 물끄러미 바라
보던 김천수는 분한 마음에 테이블을 쿵, 내려쳤다.

헌터 협회 뉴 서울 지부를 나서는 이정진의 주변으로 팀
아케인 멤버들이 모여들었다.

"형님, 뭣 때문에 헌터 협회 간부가 보자고 했답니까?"

역시나 호기심이 많은 김지웅이 첫 번째였다.

"응? 아, 별거 아니야."

"에이, 별거 아닌데 그 엉덩이 무거운 헌터 협회 간부가
직접 움직여요?"

김지웅의 너스레에 이정진이 피식 웃고는 대답했다.

"아머드 기어의 처분을 어떻게 할 건지에 대해서 묻더라
고."

"놈들이 뭐라던가요?"

"노태 클랜의 아머드 기어는 몰라도, 다크 헌터들의 것이라 증명된 아머드 기어 네 기는 우리 몫이잖아?"

"그렇죠."

"그런데 이곳 헌터 협회 지부에서 수리가 필요한 세 기의 아머드 기어를 자신들이 전부 구입하겠다고 제안한 거야."

"그래서요?"

"그래서는 뭐가 그래서야. 그냥 우리가 다 쓰겠다고 말하고 나왔지."

"예? 어차피 재욱이가 사용할 아머드 기어 한 기만 있으면 되지 않아요? 나머진 그냥 헌터 지부에 넘겨도 될 것 같은데요?"

그 말에 모두가 동의하는 듯 고개를 끄덕였다.

사실 지금의 팀 아케인에는 멀쩡한 아머드 기어 한 기만 있으면 충분했다.

아머드 기어를 운용할 수 있는 드라이버가 류재욱뿐인데, 굳이 대규모 정비가 필요한 세 기를 더 떠안을 필요는 없는 것이었다.

"네가 무슨 말을 하고 싶은지는 알겠는데, 내가 알고 있는 루트를 통하면 30% 정도는 저렴한 가격으로 정비할 수 있어."

실제로 뉴 어스에 있는 정비소나 공방들은 웬만하면 아머드 기어를 고칠 만한 기술력을 갖추고 있다.

다만, 아머드 기어 정비 허가증을 소유하지 않았기에 대놓고 정비를 맡지 못할 뿐이었다.

당연한 일이겠지만, 아머드 기어를 운용하는 대부분의 클랜들은 정식 업체보다 비용이 저렴한 그들에게 정비를 받고 있는 형국이었다.

약간의 설명을 마친 이정진은 잠시 뜸을 들이다가 말을 덧붙였다.

"그리고 뭔가 숨기는 것이 있는 것 같아서 찝찝하기도 하고 말이야."

"그래도……."

"나도 지웅이 네 말이 무슨 의미인지 안다. 나머지 아머드 기어를 팔면 추가 수입이 어마어마하다는 것도. 하지만 우리가 언제까지 지금 인원으로만 헌팅 팀을 꾸려갈 것은 아니지 않느냐. 팀을 키우려면 여분의 아머드 기어는 필수야."

"그건 맞는 말이지만……."

김지웅은 뭔가 아쉬운 듯했다.

"조금만 손보면 세 기의 아머드 기어를 추가적으로 얻을 수 있는데, 이런 기회를 놓칠 수는 없잖아. 안 그래?"

사실 장기적으로 봤을 때 이정진의 판단은 옳았다. 네 기의 아머드 기어는 분명 팀의 성장에 밑거름이 되어줄 것이다.

그에 납득한 김지웅은 더 이상 이정진의 말에 토를 달지 않고 수용하기로 하였다.

팀에 아머드 기어가 많으면 많을수록 사냥은 수월하다는 것은 분명한 사실이었으니까.

그리고 현재 팀 아케인의 전력 중 대부분을 차지하는 정진이 언제까지 자신들과 함께 헌팅 팀에 남아 함께 사냥을 할지도 모를 일이기에, 최대한 전력을 끌어모아 두어야 했다.

정진이 팀을 떠나게 되면, 그것은 곧 팀 전력이 90% 정도 줄어드는 것을 의미하기 때문이었다.

"그리고 조만간 정진이는 사냥에 참여하지 않고 다른 일을 하게 될 테니, 그에 대비해서라도 아머드 기어를 최대한 확보해야 할 필요성이 있어. 그래서 이런 결정을 했다."

김지웅은 깜짝 놀랐다.

어렴풋이 예상은 하고 있었는데, 이렇게 빨리 일이 진행될 될 줄은 미처 몰랐기 때문이다.

염려 섞인 김지웅의 시선에 정진은 살짝 미소를 지으며 입을 열었다.

"팀에서 아주 빠지는 것은 아니니까 너무 걱정하지는 마세요. 전부터 생각한 것인데, 저도 우리 팀에 이렇게 빨리 아머드 기어가 들어오게 될 줄은 몰랐어요."

정진은 걱정스러워하는 팀 멤버들을 다독이며 자신이 전부터 계획했던 것을 들려주었다.

"이번에 다크 헌터들과 전투를 치르면서 느낀 것이 있는데, 아직 제 힘이 우리 팀 아케인을 위협하는 요소를 완전히 막아내기 부족하다고 느꼈어요. 그래서……."

"아니, 아머드 기어 네 기도 막아냈는데, 뭐가 부족하다는 말이야?"

김지웅이 도중에 말을 끊고 끼어들었다.

정진은 다시 한 번 미소를 지어 보였다.

그가 자신을 붙잡으려는 것은 잘 알지만, 결심을 철회할 생각은 없는 정진이었다.

"막아내기는 했지만, 만약 그때 진성이 형이 마지막에 아머드 기어의 무릎관절을 부수지 못했다면, 아마 우린 지금처럼 이렇게 살아 있지 못했을 수도 있어요."

"음……."

"그래서 제 실력을 더욱 갈고닦을 생각입니다. 팀에 아머드 기어도 생겼으니, 제가 빠진다고 해도 당장 몬스터 사냥을 하는 것은 그리 힘들지 않을 것이라고 봐요. 물론 제가 빠지게 되면 제 가디언인 타라칸도 사냥에 도움을 주진 않겠지만, 아머드 기어가 네 기나 있으니 지금까지처럼 무지막지하게는 아니어도 충분히 해낼 수 있을 거라고 생각해요."

정진의 차분한 설명에 김지웅이나 다른 멤버들은 고개를 끄덕였다.

솔직히 지금까지 팀 아케인이 사냥을 해온 방식은 말도 안 되는 것이었다.

아머드 기어도 없는 헌팅 팀이 트롤이나 오우거를 잡는다는 것부터가 상상도 할 수 없는 일이지만, 팀 아케인은 그러한 일을 해냈다.

한두 마리도 아니고, 한 번 사냥을 나가면 열 마리 이상씩 사냥을 했던 것이다.

그러한 사실 때문에 헌터 사회에서 팀 아케인의 명성은 널리 퍼져 있는 상태였다.

더불어서 아머드 기어 네 기가 포함된 다크 헌터 집단을 무너트린 일도 자연스레 알려져 있었다.

그런데 이제 아머드 기어까지 보유하게 되었으니, 그 전력이 얼마나 더 강해졌겠는가.

그런 이유 때문에 이제는 다크 헌터보다는 기존의 기득권을 가진 거대 헌터 클랜을 걱정해야 하는 단계였다.

물론 그들이 팀 아케인을 대놓고 습격해 오지는 않을 것이다.

다만, 경계의 눈빛으로 주시할 것이고, 빈틈이 보이면 언제든지 잡아먹으려고 달려들 것임을 팀 아케인은 자각했다.

정진이 마법 수련을 하여 실력을 키우려는 것도 그에 기인한 바가 컸다.

그리고 사실 정진의 입장에서는 마법 수련의 기반을 마련하기 위해 몬스터 사냥에 나선 것이기도 했다.

그러던 것이 여러 가지 일이 얽히면서 지금에 이르게 되었지만.

잠시 침묵에 빠진 팀원들을 이해시키기 위해 이번에는 이정진이 입을 열었다.

"다들 그렇게 걱정할 필요는 없다. 정진이가 아주 팀에서 빠지는 것이 아니라 본격적으로 팀 아케인의 서포터로 자리매김하기 위해서니까, 우리가 정진이의 뜻을 받아주는 게 예의라고 생각한다."

멤버들은 얼마 전까지만 해도 함께 사냥을 하던 정진이 빠진다는 것에 아쉬움을 느꼈지만, 이 또한 팀 아케인의 발전을 위한 일임을 이해하며 밝은 표정으로 정진을 보내주기로 마음먹었다.

†   †   †

"조금 무례하시군요."

정진은 자신과 마주 앉아 있는 노태규 회장을 향해 불쾌한 표정을 지어 보였다.

비록 상대가 자신보다 훨씬 연배가 높다지만, 정진은 지금 이 상황이 마음에 들지 않았다.

그도 그럴 것이, 게이트를 나오자마자 마치 납치를 당하듯 노태 그룹 회장실로 끌려왔기 때문이다.

"아, 내 아들을 구해준 이들을 보고 싶다고 했더니, 내 의도와는 다르게 밑에 있는 자들이 무례를 범했나 보네. 가끔 과잉 충성을 하는 이들이 있어서 그런 것이니, 너무 고깝게 생각지 않았으면 하네."

노태규는 대화의 주도권을 넘겨주지 않으면서 상대의 기분을 풀어주기 위해 나름 노련하게 대꾸한 것이지만, 그런

태도가 오히려 정진의 기분을 상하게 만들었음을 알지 못했다.

사실 노태규 정도 되는 권력자에게 다른 사람의 기분을 고려한다는 것은 익숙한 일이 아니었다.

상대의 기분을 맞춰줄 필요가 있는 대상은 동급의 권력자이지, 이제 겨우 20대 초반의 가진 것 없는 젊은이가 아닌 것이다.

아무리 정진이 마법이란 특수한 능력을 가지고 있다 해도 말이다.

인간 사회에서 권력의 바로미터는 재력.

대기업 회장인 그에게 이제 겨우 헌터가 된 정진은 감히 대등하다 볼 수 없는 존재였다.

물론 나중에 상황이 어떻게 변할지는 모를 일이지만, 노태규 회장이 생각하는 마법은 조금 특이한 기술 정도에 지나지 않았다.

그저 아티팩트를 만드는 특이한 기술에 불과한 것이다.

물론 아티팩트가 현대에서 차지하는 비중이 적지 않지만, 노태규가 알아본 바에 의하면 정진이 만들 수 있는 아티팩트는 그리 대단한 것이 아니었다.

더욱이 대량으로 만들어 유통을 시킬 수 있는 것도 아니기에, 조금 신경이 쓰일 뿐이지 위협으로 다가오지 않았다.

"설마 그 이야기를 하려고 절 이곳까지 강제로 데려온 겁니까?"

따지듯 묻는 정진의 태도에 노태규 회장은 눈매를 가늘게 만들며 지그시 바라보았다.

"흠……."

자신의 감정을 숨김없이 표출하는 정진의 당당한 모습에 노태규는 자신도 모르게 이상한 감정에 휩싸였다.

마치 거대한 맹수의 앞에 발가벗겨진 것만 같은 생소한 감정.

노태규는 현재 자신의 기분을 정확하게 판단 내릴 수가 없었다.

'참으로 희한한 일이군. 이런 느낌을 받은 것이 얼마 만인가. 어린 친구에게 이 정도의 패기가 느껴질 줄이야…… 별일이군.'

예전 그가 젊을 때, 이와 비슷한 위기감을 몇 번 느낀 적이 있었다.

하지만 당시에 자신에게 이런 위기감을 느끼게 했던 이들은 정진처럼 어린 나이가 아니었다.

하나같이 권력의 정점에 서 있던 이들이었다.

헌터 프론티어

아무리 자신이 재계의 거인이라고 해도 그들은 노태규가 쌓아 올린 모든 것들을 쉽게 허물어뜨릴 수 있는 힘을 가지고 있었다.

하지만 그들도 끝내 자신을 무너뜨리지 못했다.

주어진 권력의 시간이 끝나면 또 다른 권력자에게 자리를 넘겨줘야 하기에 그 기간 동안만 버티면 되는 것이었다.

그리고 자신을 위협한 권력자들 중 지금까지 온전하게 삶을 유지하는 이들은 없었다.

그들이 권좌에서 물러났을 때, 노태규는 자신이 당했던 그 이상으로 보복을 가했다.

권좌에서 물러난 그들에게서 명예를 뺏어버린 것이다.

그랬던 그가 지금 눈앞에 앉아 있는 정진에게는 어떻게 대처를 해야 할지 쉽게 판단이 서지 않았다.

'더 크기 전에 지금 싹을 잘라 버릴까?'

문득 그런 생각이 들었다.

혈기왕성할 때는 이런 생각을 하지 않았다.

아직 자신과 대등한 출발선에도 서지 못한 존재를 위협한다는 것은 자존심이 허락하지 않을 일이었다.

'아, 지금 내가 무슨 생각을 하고 있단 말인가. 이 노태규가 말이야.'

손자뻘밖에 되지 않는 젊은이에게 위협을 느끼고, 또 그것을 두려워해 제거할 생각을 했다는 것에 노태규는 자기 스스로에게 화가 났다.

노태규는 본인은 모르고 있지만, 그의 표정은 지금도 수시로 바뀌고 있었다. 그리고 그러한 노태규의 표정 변화를 정진은 하나도 놓치지 않고 지켜보는 중이었다.

이윽고 노태규는 머릿속에 떠오른 부정적인 생각을 털어버리고 표정을 바꾸며 말했다.

"음, 아닐세. 내 아들의 위기를 그냥 지나치지 않고 도움을 주었다는 이야기를 듣고 내 직접 사례를 하려고 부른 것이네."

"사례라…… 어떻게 사례를 하시겠다는 겁니까?"

노태규는 별거 아니란 듯 대답을 하였다.

"듣기로 아티팩트를 만들 줄 안다고?"

"그렇습니다. 한데 그게 사례와 무슨 상관이 있습니까?"

"뭐, 그런 능력이 있다면 조만간 아티팩트를 만들어 팔 생각도 하겠지 않나 싶네. 워낙 영특한 젊은이니 말일세."

노태규는 다소 뜬금없는 칭찬을 늘어놓았다. 그러고는 곧이어 자신의 목적을 드러냈다.

"만약 자네가 아티팩트를 만들어 팔겠다면, 내가 그걸 다

사겠네."

"풋……."

마치 선심이라도 쓴다는 듯한 노태규의 말에 실소를 터트리는 정진이었다.

"아, 죄송합니다. 회장님의 유머 감각이 너무 뛰어나 본의 아니게 웃고 말았습니다."

하지만 이 모든 행동은 정진의 머릿속에 있던 계획의 일환이었다. 대화의 주도권을 빼앗기지 않으려면 이 정도의 패기는 필수였던 것이다.

물론 이런 대화에 도가 튼 노태규도 그런 정진의 수를 알아차리지 못한 것은 아니었다.

비싼 가격으로 흥정하려는 정진의 의도를 노태규도 어느 정도는 파악했다.

"아직 제가 만든 아티팩트의 성능이 어떤지 듣지 못하셨나 보군요?"

"음, 그렇다면 자세히 설명해 주겠나?"

"저희는 아머드 기어를 운용하는 다크 헌터 집단을 잡았습니다. 한 기도 아니고, 무려 네 기나 보유한 거대 다크 헌터 집단을 말입니다."

정진은 노태규 회장을 빤히 쳐다보았다.

그제야 노태규는 정진의 숨은 의도를 완벽하게 파악할 수 있었다.

정진이 속한 팀 아케인은 아머드 기어가 없는, 순수 헌터들로 구성된 몬스터 헌팅 팀.

이런 헌팅 팀이 아머드 기어 네 기와 헌터 열네 명을 아무 피해 없이 물리친 것이다.

이 모든 일에는 정진이 만든 아티팩트의 지대한 기여가 있었다. 그 말인즉, 정진이 만든 아티팩트의 힘이 아머드 기어 네 기보다 더 뛰어나다는 의미였다.

단순히 산술적인 계산만 하더라도 아티팩트 한 개의 가격은 아머드 기어 한 기의 값을 훨씬 넘어설 것이다.

거기다 아머드 기어는 유지비가 많이 들고, 아머드 기어 드라이버도 필요한 만큼 효율적인 면에서 아티팩트보다 훨씬 안 좋았다.

"흐음……."

노태규는 자신도 모르게 앓는 소리를 흘려냈다.

물론 아머드 기어 한 기의 가격은 노태규의 입장에서 아무것도 아니지만, 그보다 훨씬 비쌀 것이 분명한 정진의 아티팩트를 모조리 사들이겠다는 것은 그로서도 조금은 부담되는 일이었다.

심각하게 고민하는 노태규의 모습을 정진은 희미한 미소를 머금은 채 쳐다보았다.

"그런데 말입니다, 제가 아주 희한한 정보를 알게 되었는데 말이죠. 회장님께서도 궁금하실 거라 생각합니다만……."

뜬금없는 질문에 무슨 소리인지 판단이 서지 않은 노태규는 멀뚱히 정진을 쳐다보았다

"노태 클랜이 흰머리산 던전에서 타이탄을 발굴했다는 이야기 말입니다."

의외의 말에 노태규는 고개를 끄덕였다.

"그에 대해서는 나도 어느 정도 알고 있는 바이네만, 거기에 무슨 특별한 것이라도 있나?"

별거 아니란 듯 말을 꺼낸 노태규이지만, 내심은 무척이나 긴장된 상태였다.

문득 타이탄의 신고 문제로 헌터 협회 부회장인 차현수에게 협박당한 일이 떠오른 것이다.

무엇 때문에 정진이 그에 대한 이야기를 꺼내는지는 모르겠지만, 그때의 불쾌한 기억과 함께 왠지 불안한 느낌에 뒷목이 서늘했다.

"그럼 던전에서 타이탄을 최초로 발견한 사람에 관한 이

야기는 알고 계신가요?"

미소 짓는 입매와 달리 눈빛만은 차갑게 빛나는 모습.

정진은 마치 먹이를 노리는 독수리의 눈처럼 노태규를 정면으로 바라보았다.

"흠……."

겉으로는 드러내지 않았지만 노태규는 속으로 깜짝 놀랐다.

정진이 풍기는 분위기에서 이미 그가 하려는 다음 말을 짐작했기 때문이다.

'제길, 그럼 엉뚱한 곳에 헛심을 쓴 격이로군.'

노태규의 머릿속에 비상등이 켜지며 경고음이 울려 댔다.

'아니지. 이렇게 되면 차현수 부회장과 맺은 협상은 전세가 역전이 된 셈이군.'

정부를 속였다는 사실이 드러나면 노태 클랜은 문책을 받아야 할 것이고, 경우에 따라선 그룹 전체가 타격을 받을 수도 있었다.

뿐만 아니라 같이 모의한 헌터 협회의 차현수 부회장도 무사하지 못할 것이다.

그 와중에 차현수 부회장의 성격이라면 분명 같이 죽자고 자신을 끌어들이려 할 것이다.

헌터 프론티어

하지만 자신은 빠져나올 방법이 있었다.

그리한다면 차현수 부회장과의 관계는 완전히 틀어지겠지만, 어쩔 수 없는 일 아니겠는가.

그가 책임지겠다 장담한 일을 제대로 못했기에 벌어질 일이니 자신은 그저 가족과 그룹만 생각하면 되었다.

"전 분명 세 기의 타이탄을 던전 지하에서 목격했는데, 발표는 그렇지 않더군요. 이상하지 않습니까?"

"자네가 착각한 것 아닌가? 헌터 협회에서도 분명 발표를 했는데, 이제 와서 세 기를 발견했다면 누가 믿겠는가?"

노태규는 정진이 증거를 가지고 있지 않다는 것을 지적했지만, 이미 그것까지 예측했다는 듯이 정진은 막힘없이 말했다.

"제게 그 증거가 있다면 어떻게 하시겠습니까?"

"흐음……."

노태규 회장은 자신감 넘치는 정진의 말에 다시 한 번 짧은 신음을 흘렸다.

증거는 차현수 부회장이 모두 처리해 주기로 하였다.

그런데 증거가 있음을 주장하니, 고민이 되지 않을 수 없었다.

"제가 탐사대보다 늦게 복귀했다는 것은 회장님께서도

잘 알고 계실 것입니다."

무언가 자신이 알지 못하는 비밀이 있다는 듯한 정진의 태도.

자연 노태규의 이마에는 식은땀이 송골송골 맺히고 입술은 바짝 말라갔다.

상대가 자신의 이야기에 긴장하고 있다는 것을 확인한 정진은 상대방이 더욱 압박감을 느끼도록 차분하게 이야기를 이어갔다.

원래는 사건의 정황을 알아보기 위해 이곳으로 부른 뒤 정진을 윽박지를 계획이었는데, 정진의 페이스에 말려 이야기가 진행이 될수록 상황이 역전된 것이었다.

이제는 누가 갑이고 을인지 관계가 완전히 역전됐다.

"고장 난 제 바디 캠을 복원하기 위해 조금 늦게 도착한 것이지요. 그리고 복원하는 데 성공했습니다. 하지만 아직 헌터 협회에 제출하지는 않았죠. 자, 이걸 어떻게 하면 좋을까요?"

노태규 회장은 엄청난 압박감을 느꼈다.

정진은 차분한 눈빛으로 노태규를 바라보며 이쯤에서 압박을 멈춰야겠다고 생각했다.

아무리 자신이 유리한 증거들을 가지고 있다고 해도 눈앞에 있는 사람은 자신이 태어나기도 전부터 권력과 가까운 사람이었다.

권력을 휘두르며 많은 사람을 호령하던 사람을 그 이상 자극하는 것은 사생결단을 내겠다는 의미였다.

만약 그런 일이 벌어진다면 골치 아픈 상황이 닥칠 수 있었다.

물론 정진이 그리 걱정할 건 없었다.

어떤 상황에서도 살아남을 자신이 있었으니.

하지만 가족이나 주변 사람들은 아니었다.

대한민국 재계 서열 5위, 노태 그룹의 힘이 어디까지 통용되는지는 알 수 없는 일이다.

그렇지만 그 여파가 결코 작지 않을 것이란 사실은 정진으로서도 알 수 있었다.

노태 그룹이 마음만 먹으면 언제든지 없던 죄도 만들어낼 수 있을 것이다.

그러니 정진은 적당한 단계에서 압박을 거두고 거래를 하려는 것이었다.

그것이 모두를 위해 최선이기 때문에.

물론 시간이 흐르고 자신에게 힘이 생겼을 때는 지금과 사정이 다르겠지만.

'지금 이놈이 뭘 하자는 것이지? 나와 거래를 하자는 것인가?'

노태규는 자신을 주시하는 정진의 눈빛에 머리가 복잡해졌다.

이제 겨우 20대 초중반의 어린 청년이었다.

그런데 하는 이야기를 들어보면 산전수전 다 겪어본 50대의 노련한 정치인 같았다.

노태규는 한참을 고민하다가 결국 이쯤에서 한발 물러나기로 했다. 모든 상황이 그에게 불리하니 무리하게 배짱을 부리지 않고 적당한 선에서 손을 든 것이다.

"그럼 내가 어떻게 해주길 바라는 건가? 들어보긴 하겠지만, 너무 무리한 요구를 한다면 나도 가만있진 않겠네."

무조건적인 항복은 아니었다.

일단 이번에는 한발 물러나지만, 너무 무리한 요구를 예방하기 위해 여지를 남긴 것이다.

노태규 또한 산전수전 다 겪은 재계의 노병.

물러설 때 물러서더라도 결코 약한 모습을 보이진 않았다.

약한 모습을 보인 자는 살아남을 수 없을 테니.

"별거 없습니다. 앞으로 노태 클랜이나 노태 그룹이 저와 얽히지 않았으면 합니다. 회장님도 잘 알고 계실 테지만, 노인태 사장의 억지 때문에 제가 받은 손해가 이만저만이 아니거든요. 무고한 저를 상대로 재판까지 벌였으니……. 그럼에도 저는 몬스터의 위협으로부터 회장님의 아드님을 구해 드렸습니다. 그 점을 고려해 주셨으면 좋겠군요."

금전적 요구를 예상한 노태규는 의외의 제안에 사르르 긴장이 풀렸다.

"좋아, 그 정도는 내가 수용하지. 하지만 그전에 자네가 가진 바디 캠의 원본을 모두 넘겨줘야 하네."

"알겠습니다. 그럼 일단 계약서를 쓰죠."

두 사람의 이해관계가 성립하자 뒷일은 일사천리로 진행되었다.

노태규 회장은 더 이상 정진과 관련한 어떤 일에도 관여하지 않겠다는 확답을 주었고, 정진은 자신이 가지고 있는 바디 캠 원본을 노태규 회장에게 넘겨주었다.

그와 함께 정진은 재판을 벌이면서 발생한 손실액과 노인태 사장을 몬스터로부터 구해준 것에 대한 사례로서 100억 원을 받게 되었다.

이렇듯 정진과 노태 그룹과의 관계가 원만하게 해결된 것처럼 보였지만, 정작 정진은 그렇게 생각하지 않았다.

시간이 지나고 언제가 될지 모르지만, 분명 문제가 불거질 때가 오리라 생각했다.

그땐 노태 그룹이나 자신, 둘 중 하나는 끝장이 날 것이다.

노태규 회장과 협상을 마치고 밖으로 나오자, 어느새 날이 어두워져 있었다.

협상은 정진이 생각하는 것 이상으로 원만하게 해결되었다.

그저 더 이상 얽히지 않기를 바라는 마음으로 협상에 임했는데, 생각지도 않게 거금이 생긴 것이다.

노태규 회장의 입장에선 정진이 타이탄 숫자의 비밀을 알고 있다는 것이 굉장히 꺼림칙했던 모양이다.

앞으로 아티팩트를 만들어 팔 계획인 정진에게 100억 원이란 돈은 충분히 벌어들일 수 있는 금액일 테지만, 그렇다 해도 시간이 걸릴 수밖에 없는 게 현실이었다.

그러나 지금 얻게 된 100억 원은 당장 팀 아케인을 보다 굳건하게 만들고, 또 스승인 제라드와 젝토르의 염원을 이뤄주는 밑거름이 되어주기에 충분했다.

Chapter 6
헌터 협회와의 협상

　정진은 지금 이정진, 김지웅과 함께 집으로 가고 있었다.

　노태규 회장의 갑작스런 호출에 혹여 정진의 신상에 문제
는 있지 않을까 걱정된 두 사람이 노태 그룹까지 따라온 것
이었다.

　물론 나머지 팀 아케인의 멤버들도 따라 나서려 했지만,
정진이 애써 만류하여 집으로 돌려보낸 상황이었다.

　"노태규 회장을 만나 이야기는 잘 끝냈냐?"

　사실 이정진은 정진이 건물 밖으로 나오자마자 물어보고
싶었지만, 워낙 정진의 표정이 굳어 있어 차마 묻지를 못했
다.

그러다 결국 도저히 참을 수가 없어 말을 건 것이다.

"별거 없어요. 어느 정도 진실을 이야기해 줬을 뿐이죠. 우리도 배후에 있는 범인이 누구이고, 또 무슨 일을 꾸몄는지 알고 있다는 것을 노태규 회장에게 말했습니다."

"그랬더니 뭐래?"

"뭐, 빤하죠. 만약 이런 사실이 외부에 알려지게 되면 커다란 스캔들이 될 것이 분명한데, 노태규 회장이라고 그렇게 일이 벌어지길 바라겠어요? 따지고 보면 저희야 피해자이니 잃을 것 하나 없지만, 노태규 회장이나 노태 그룹은 아니잖아요."

"그렇지. 오히려 우리는 많은 사람들의 동정을 받게 되겠지."

"어? 형님, 앞을 보세요!"

"아차, 미안. 하하, 내가 실수했다."

이정진은 정진의 말에 크게 공감한 나머지 운전 중에 고개를 끄덕이다 하마터면 사고가 날 뻔하였다.

"어휴, 형님. 저야 마법이 있으니 사고가 나도 안전하겠지만, 형님은 아니잖아요. 아무리 헌터가 튼튼하다 해도 보통 사람과 그리 다르지 않다고요."

"험험."

정진의 말이 옳았다. 헌터라고 해서 무적은 아니었다.

그저 보통 사람보다 좀 더 튼튼한 신체를 가지고 있을 뿐, 영화에 나오는 슈퍼 히어로는 아닌 것이다.

그러니 언제 어디서든 사고를 조심해야만 했다.

"그런데 정진아."

"네?"

"다음 사냥부터 빠지는 것이냐?"

아쉬운 마음이 상당한지 김지웅의 표정은 어두웠다.

"아뇨. 이번에는 뉴 어스에 가서 해야 할 일도 있고, 제가 빠지게 되면 타라칸도 방관할 테니 아머드 기어가 합류한 팀 아케인의 첫 사냥 정도는 제가 지켜봐야죠. 그러니 이번까진 함께 갈 거예요."

정진은 김지웅의 의도가 무엇인지 잘 알기에 성심껏 대답을 해주었다.

"그래?"

김지웅은 정진의 대답을 듣고 나서야 비로소 안심이 되었는지 미소를 지었다.

"다 왔다."

세 사람이 한창 이야기를 나누는 동안, 어느새 차는 정진의 집 앞에 도착하였다.

"정진 형님, 감사합니다."

"그래, 오늘 고생했다. 그리고 정진아, 너도 이젠 차 한 대 사야 하지 않겠냐? 이제 꽤 자금을 모았으니 말이다. 그리고 언제까지 내가 네 기사 노릇을 할 순 없잖니."

"네. 이번 사냥 다녀와서 알아봐야겠네요."

"그래. 그럼 일주일 뒤에 보자."

"네, 들어가세요."

부웅!

정진은 차가 시야 밖으로 사라질 때까지 지켜보고는 집 안으로 들어갔다.

† † †

다음 날, 정진은 헌터 협회를 찾았다.

헌터 협회의 이기동 부장이 자신을 찾았다는 이야기를 아버지로부터 전해 들었기 때문이다.

무엇 때문에 자신을 찾았는지 자세한 이야기를 듣지는 못했지만, 아버지 말에 따르면 정진이 아티팩트 판매와 관련해 헌터 협회에서 제안을 할 것이 있다는 것이었다.

그래서 정진은 일단 이기동 부장을 만나보기로 하였다.

"안녕하십니까."

"네, 안녕하세요. 어떻게 오셨습니까?"

"전 팀 아케인의 정정진 헌터입니다."

"아, 예. 정정진 헌터님, 무슨 일로 찾아오셨나요?"

"제가 뉴 어스에 사냥을 간 사이, 이기동 부장님께서 저희 집을 방문하셨다고 해서 찾아왔습니다."

"잠시만 기다려 주십시오."

직원은 이기동 부장의 사무실로 들어가 무언가를 확인하고는 잠시 뒤 나왔다.

"들어오시랍니다."

"감사합니다."

정진이 사무실로 천천히 걸어 들어가자 옆에 있던 직원이 궁금하다는 듯이 이야기를 꺼냈다.

"현아야, 저 사람은 누군데 예약도 없이 부장님을 만나는 거니?"

"글쎄, 실은 나도 잘 몰라. 팀 아케인이란 곳의 헌터라고 하는데……."

"그래? 무척 잘나가는 곳인가 보다. 부장님도 아무나 만나지는 않는데 말이야."

"그러게. 그러고 보니 이런 적이 별로 없지 않아?"

"내 말이. 젊은 사람이 참 대단하네."

똑똑.

"들어오세요."

"안녕하셨습니까?"

"아, 어서 오세요. 자, 이리 앉으세요."

정진이 사무실 안으로 들어서자 이기동 부장은 살갑게 맞이하며 자리를 권했다.

정진은 자리에 앉자마자 바로 본론을 꺼냈다.

"제가 뉴 어스에 있는 동안 찾아오셨다 들었습니다."

"아, 네. 맞습니다."

이기동 부장은 예전 정진과의 면담을 떠올렸다.

당시 정진이 주제를 빙빙 돌려 이야기를 하는 것보단 직설적이며 핵심을 찌르듯 단도직입적으로 이야기를 하는 타입이란 것을 기억하고 바로 본론으로 들어갔다.

"제가 정정진 씨의 집을 찾아갔던 것은 반드시 해야 할 이야기가 있었기 때문입니다."

"할 이야기요?"

"예. 정확하게는 헌터 협회가 정정진 씨에게 드릴 제안이 있었다고 하는 것이 맞는 표현이겠네요."

"헌터 협회가 제게 무슨 제안을 할 것이 있다는 거죠?"

정진은 고개를 갸웃거렸다.

곰곰이 생각해 보았지만, 쉽게 떠오르는 것이 없었다.

어느 단체나 그렇듯 헌터 협회도 헌터에게 있어서는 갑의 위치에 있는 곳이다.

그러다 보니 헌터 협회는 헌터들을 상대로 늘 유리한 계약을 해왔다.

그런데 자신에게 제안할 것이 있어 집까지 찾아왔다고 하니 의아한 것이었다.

"정정진 헌터님께선 앞으로 아티팩트를 만들어 판매하실 계획이시죠?"

"예, 그렇습니다."

"그래서 저희 협회에서 정정진 씨에게 제안하는 것입니다."

정진은 그가 어떤 말을 할 것인지 조용히 기다렸다.

"아티팩트를 만드는 데엔 마정석이 필요할 것입니다. 그래서 협회에서는 정정진 씨께서 아티팩트를 만드시는 데 지원을 해드리려 합니다. 물론 마정석 값은 약간의 수수료가 붙겠지만 말입니다."

예상치 못한 이기동 부장의 제안에 정진의 눈은 한없이

커졌다.

그건 정말도 생각지도 못한 혜택인 탓이었다.

약간의 수수료가 붙긴 하겠지만, 헌터 협회가 대기업이 아닌 개인에게 직접 마정석을 팔겠다는 제안을 했다는 사실에 놀란 것이다.

"음, 그럼 몇 등급까지 판매를 해주실 수 있습니까?"

그것은 무척이나 중요했다.

최하급이나 하급 정도라면 헌터 협회의 제안은 정진에게 그리 메리트가 없었다. 그러니 반드시 짚고 넘어가야 할 사안이었다.

"음, 몇 등급까지 지원을 할 것인지는 아직 결정된 바가 없지만, 정정진 씨께서 필요하시다면 상급까지도 가능할 것입니다. 물론 그런 경우엔 상급 마정석이 어떤 일에 필요한 것인지, 어떻게 사용되는지 감독관이 파견될 것입니다."

정진은 이기동 부장의 말에 깜짝 놀랐다.

상급 마정석을 판매할 수도 있다는 말에 한동안 말을 잇지 못할 정도였다.

국가 전략물자로 분류되는 상급 마정석을 제공하겠다는 말은 그만큼 충격적이었다.

잠시 놀란 가슴을 가다듬은 정진은 이기동 부장의 눈을

보며 다시 한 번 물었다.

"정말로 상급 마정석을 제공해 주실 수 있습니까?"

"예, 그렇습니다. 물론 상급 마정석이 국가 전략물자란 것은 정정진 씨도 잘 알고 계시겠지요?"

"물론입니다. 비록 헌터가 된 지는 얼마 되지 않았지만 그 정도는 알고 있습니다."

"지금 제가 드리는 제안은 비단 헌터 협회 차원의 제안이 아닙니다. 정부에서 직접 제공하겠다는 것입니다. 단, 정정진 씨가 대한민국 내에서 아티팩트를 판매한다는 전제하에서만 가능합니다."

정진은 이기동의 답변에 그야말로 기가 질렸다.

어차피 아티팩트를 만들어 팔 생각이었기에, 헌터 협회에서 어느 정도 제안을 해올 것이라 예상하고 있었다.

대한민국에 소속된 헌터들은 습득한 마정석을 일괄적으로 헌터 협회에 판매하게 되어 있으니 말이다.

물론 어디나 그렇듯 불법적으로 몰래 유통을 하는 이들도 있지만, 말 그대로 마정석의 개인적 유통은 불법으로 규정되어 있었다.

그런 이유로 하급 이상의 마정석을 구하기 위해선 헌터 협회를 통해야 가능하며, 또 개인적으로 마정석을 구하는

데는 한계가 있다.

그 사실을 잘 알고 있는 정진은 헌터 협회와의 협상을 통해 팀 아케인이 획득한 마정석을 사용할 수 있게 요청하려 했는데, 협회에서 더 좋은 조건을 들고 나온 것이다.

아니, 그 이상이었다.

그야말로 예상 범위를 훌쩍 넘어버린 것이다.

헌터 협회가 아니라 대한민국 정부에서 자신의 아티팩트 생산에 관심을 보일 것이라고는 정말로 상상도 못했다.

"그럼 어느 정도나 가능합니까?"

정진은 눈을 반짝이며 구체적인 물었다.

사실 정부에서는 중급 이상 마정석을 특별 관리하고 있기에 유통 자체가 그리 활발하지 않았다.

그나마 중급은 몇몇 기업들에 판매하고 있지만, 상급은 전략물자로 규정지어져 거의 유통이 되지 않고 있다.

상급 마정석은 사실 정부에서도 그 효용을 다 알지 못하기에 아머드 기어를 구매하거나 정치적 협상이 필요할 때만 이용하고 있는 정도였다.

"음, 구체적으로 정확한 수량을 답해줄 수는 없지만, 아무튼 정부에서도 상급 마정석을 공급해 줄 의향이 있다고 했습니다."

이기동 부장은 날카로운 정진의 질문 공세에 식은땀을 흘리면서도 확실한 답을 해주지 못했다.

그도 그럴 것이, 상급 마정석은 자신도 이야기만 들었을 뿐이지 구체적으로 이야기를 듣지 못했기 때문이다.

"흠, 그래도 구체적인 수량을 알아야 저도 계획을 잡고 아티팩트 생산에 들어가지 않겠습니까?"

기대가 크면 실망도 큰 법.

정진은 이기동의 말에 한껏 기대에 부풀어 있다 확답을 듣지 못하게 되자 적잖이 실망했다.

이기동은 실망하는 정진의 모습에 더욱 당황하며 이마에 흐르는 식은땀을 닦았다. 만약 정진이 협상을 거절하면 자신에게도 큰 타격이 올 거라 생각했기 때문이다.

그런 이유로 이기동은 조심스럽게 말을 이어 나갔다.

"그래도 정부에서 나섰으니, 그냥 말로만 그치지는 않을 것이라 생각합니다. 더욱이 저희 협회장님께서 정정진 씨에게 도움이 되는 방향으로 힘을 쓰고 계시니, 너무 실망하지 않으셔도 될 것입니다."

"아, 그래요? 그럼 이 협상이 이루어지게 되면 회장님은, 아니, 헌터 협회는 어떤 이득을 얻게 되는 것입니까?"

이기동 부장을 자주 접하다 보니 그가 헌터 협회 내에서 어느 파벌에 속한 것인지 정진도 파악할 수 있었다. 그런 까닭에 이번 협상도 전기수 헌터 협회장이 뒤에서 조종을 하고 있음을 눈치챈 것이다.

그러다 보니 무심결에 전기수 회장이 어떤 목적을 갖고 있는지 말을 꺼내려다가, 얼른 헌터 협회로 말을 바꿔 물었다.

아무리 이기동 부장이 전기수 회장의 사람이라고 하지만, 지금 자신과 협상을 하는 주체는 전기수 회장이 아닌 헌터 협회이기 때문이었다.

"그렇게 물어보시니 저도 단도직입적으로 말씀드리겠습니다."

"예."

"정정진 헌터님께서도 헌터 협회 내의 파벌에 관해 어느 정도 알고 계실 겁니다."

정진은 이기동 부장의 물음에 가타부타 답은 하지 않았지만, 이미 표정을 통해 의사를 표명한 것이나 다름없었다.

과연 정진의 속내를 파악한 이기동 부장은 바로 말을 이어 나갔다.

"네, 그럴 것이라 예상했습니다. 팀 아케인에 있는 분들의 면면을 보면 그리 어렵지 않게 알 수 있는 일이죠."

실제로 이기동 부장은 정진이 소속된 팀 아케인 멤버들의 사정을 잘 알고 있었다.

그리고 팀장인 이정진이나 김지웅이 헌터 클랜들을 감시하던 에이전트였다는 사실도 이미 파악해 두고 있었다.

그렇기에 그들이 어떠한 성향을 갖고 있는지 판단하는 것은 그리 어렵지 않은 일이었다.

"헌터 협회는 현재 전기수 회장님과 차현수 부회장님 파벌로 나누어져 있습니다. 그리고 저는 중도파를 표방하지만, 실질적으로는 전기수 회장님 라인에 속해 있습니다. 저희 회장님께서는 정정진 씨를 무척이나 중요한 분이라 생각해 예의 주시하고 계십니다. 그리고 될 수 있으면 정정진 씨께서 불편해하지 않도록 많은 편의를 봐드리라고 직접 지시를 내리셨습니다."

이기동 부장은 전기수 회장이 정진을 얼마나 대단하게 생각하고 있는지, 그리고 어떤 혜택을 주려 하는지 나열하며 정진의 호감을 사기 위해 사력을 다했다.

"사실 예전에 마정석을 바로 교환해 준 것이나 몬스터 부산물의 가격 협상에 이르기까지, 정정진 씨나 팀 아케인에 대해 유리한 계약을 할 수 있도록 저희가 조치를 취한 것도 그런 이유에서였습니다."

"아……."

가만히 이기동의 이야기를 듣던 정진은 당시 몬스터 부산
물들을 판매할 때를 떠올렸다.

사실 정진은 높은 가격을 받는 것에 대해 몬스터의 상태
가 좋았기에 당연하다고 생각을 했다.

물론 그 말도 그리 틀리지는 않았다.

다만, 그게 전부가 아닐 뿐.

헌터 협회는 헌터들로부터 구입한 몬스터 부산물들을 다
시 기업에 판매하여 이윤을 취한다.

당연히 구입은 싸게, 판매는 비싸게 함으로써 이익을 극
대화시킬 수 있는 것이다.

그렇게 창출된 이익은 다시 헌터 협회의 사업 진행이나
직원 급여로 소비되는 것이다.

하지만 헌터 협회가 정진에게 특혜라 할 수 있을 만큼 양
보를 한 것은 그만큼 우호를 쌓기 위해서였다.

"현재 헌터 협회나 헌터 사회에서 가장 이슈가 되고 있는
존재가 바로 정정진 씨입니다."

"네? 아니, 어째서?"

"정말 모르시는 겁니까, 아니면 알고도 그러시는 겁니
까?"

"그게 무슨 말이죠?"

"그렇지 않습니까. 헌터에게 아티팩트는 무척이나 관심의 대상이 되는 분야입니다. 아니, 헌터뿐만 아니라 권력자들에게 아티팩트는 또 다른 생명이나 마찬가지입니다. 지금까지 아티팩트는 뉴 어스의 던전에서만 발굴되는 것이었습니다. 하지만 이제는 정정진 씨로 인해 그런 공식이 깨져 버렸습니다."

"아……."

정진은 이기동이 말하려는 의도를 금세 깨달았다.

지금 정진의 존재는 살아 있는 던전이라 해도 과언이 아니었다.

재료만 충분하면 언제든지 아티팩트를 만들어낼 수 있으니 말이다.

아티팩트는 가격이 가장 낮은 것이 억 단위이고, 비싼 것은 수십, 수백억 원에 이를 정도였다.

아머드 기어 한 기의 가격과 비슷하게 거래가 된다는 의미였다.

그러니 헌터 협회장은 물론이고, 정부가 관심을 보이는 것은 어쩌면 당연한 소리였다.

그리고 정진은 아직 모르고 있지만, 뉴 어스에서 팀 아케인이 아머드 기어가 포함된 다크 헌터 집단의 습격을 물리쳤다는 것도 이미 소문이 퍼져 있었다.

단 하루밖에 지나지 않았지만, 웬만한 사람은 모두 알게 된 것이다.

헌터 협회 내에서 나름 높은 지위에 올라 있는 이기동이 일개 헌터에 불과한 정진을 극진히 대접을 하는 이유이기도 했다.

"알겠습니다. 그럼 다시 묻겠습니다. 헌터 협회에서 그런 파격적인 대우를 해주는 데에는 제게 원하는 것이 있을 것이라 생각됩니다. 어떤 것을 원하십니까? 무리한 요구만 아니라면 긍정적으로 생각해 보겠습니다."

"협회, 아니, 전기수 회장님은 정정진 헌터님께 부담을 주고 싶은 마음이 전혀 없으십니다. 회장님께서 원하시는 것은 단 하나입니다."

"그게 무엇입니까?"

"그것은 바로 정정진 헌터께서 생산하는 아티팩트를 저희 헌터 협회에서 판매를 주관할 수 있게 해달라는 것입니다."

"음……."

정진은 이기동의 말에 작게 신음을 흘렸다.

솔직히 방금 이기동 부장이 한 말을 들어주는 것은 별게 아니었다.

다만, 그 숨은 의도가 무엇인지 알 수가 없어 머리가 복잡해진 탓이다.

정진이 자신의 말에 심각하게 고민하는 것 같아 보이자, 이기동 부장은 얼른 설명을 덧붙였다.

"그렇게 심각하게 고민하실 것은 없습니다. 지금의 제안은 강제 사항은 아니지만, 사실 정정진 씨 입장에서도 결코 나쁜 이야기가 아닙니다."

"그게 무슨 말씀이죠?"

"아티팩트는 상당한 고가의 물건입니다. 그런데 그것을 만약 개인이 판매한다고 생각해 보십시오. 원활한 판매도 문제지만, 그것을 노리는 자들에 대해서도 신경을 쓰셔야 할 것입니다."

"음……."

정진은 그제야 이기동 부장이 무슨 의도로 말을 꺼낸 것인지 깨닫고 고개를 끄덕였다.

"아티팩트 판매를 저희 헌터 협회에서 맡아 하게 된다면 그런 일들은 걱정하지 않으셔도 될 것입니다. 저희 헌터 협회에서 정정진 씨의 방패막이가 되어 그런 문제들을 예방할 것이기 때문에 편안하게 아티팩트를 만드는 데에만 집중하실 수 있을 것입니다. 물론 그 판매에 대한 수수료는 저희 협회가 얻게 되겠지만 말이죠. 그래서 서로 이득이 될 수 있다는 말입니다."

"그럼 만약 제가 헌터 협회의 제안대로 아티팩트 판매를 위임한다면, 어떤 식으로 진행할 계획이십니까?"

"예. 그것은 현재 국내외에 통용되고 있는 경매 방식을 취할 생각입니다."

"경매요?"

"네. 사실 이 부분은 정부와 미리 협의를 마친 사항입니다. 정부 입장에서는 아무래도 다른 나라와의 정치, 경제적인 점을 연관해 생각할 수밖에 없을 테니까요."

"그건 그렇겠지요."

"더욱이 아티팩트는 공산품처럼 금액을 정해 판매할 수 있는 물건도 아니니, 경매 방식을 통해 판매하는 것이 가장 많은 이득을 취할 수 있는 방법이라 판단을 내렸습니다."

"그럼 정부에선 아티팩트를 경매 방식으로 판매하면서 외국인들을 유치하겠다는 것입니까?"

"예. 정정진 씨 입장에서도 보다 많은 사람들이 아티팩트를 사기 위해 관심을 보이는 것이 좋지 않겠습니까?"

"무슨 말씀인지 잘 알겠습니다. 부장님의 말씀대로라면 제가 굳이 거절할 필요가 없겠군요. 그런데 저도 조건이 있습니다. 제가 헌터 협회, 아니, 회장님의 제안을 받아들이는 조건으로 두 가지만 선행된다면 저도 헌터 협회에서 제시한 조건을 받아들이겠습니다."

정진은 협상이 어느 정도 막바지에 이르렀다고 생각을 하고 자신이 생각한 조건을 입 밖으로 꺼냈다.

"제가 제시할 조건 중 첫 번째는 제가 속한 팀 아케인이 얻은 마정석에 한해 따로 판매를 하지 않고 제가 사용하겠다는 것입니다. 물론 그에 대한 세금은 정확하게 납부할 것입니다. 그리고 두 번째는 정부에서 공급해 주겠다는 상급 마정석의 수량이 최소 세 개 이상이었으면 합니다. 이는 아티팩트 제조에 반드시 필요한 사안이니 어쩔 수 없습니다."

"아니, 아티팩트 제조를 하는 데 상급 마정석이 세 개나 들어간다는 말씀이십니까?"

"제 말을 조금 오해하셨군요. 저라고 해서 아티팩트를 만드는 것이 쉬운 일만은 아닙니다. 그런데 판매를 위해선 어느 정도 수량의 아티팩트가 필요합니다. 그렇기 때문에 도움이 필요하다는 겁니다."

이기동 부장은 정진의 말이 계속될수록 고개를 갸웃거릴

수밖에 없었다.

상급 마정석과 도움을 받는 것이 어떤 상관관계가 있는 것인지 짐작이 가지 않는 탓이었다.

그에 정진은 좀 더 자세하게 풀어 설명을 하였다.

"마법을 이용해 아티팩트를 만드는 데에는 고도의 집중력과 많은 에너지가 필요합니다. 이는 공장에서 상품을 만들 때 생산 설비와 전기, 그리고 기계를 운용하는 인간이 고도로 집중을 하는 것과 같습니다. 저는 많은 수의 아티팩트를 만드는 것이 아닌 만큼 정신력은 충분하지만, 아티팩트에 주입할 마력은 사실 부족한 상태입니다."

정진은 현재 자신의 수준을 살짝 낮춰 이기동에게 들려주었다.

흔한 무협 소설에서도 그러하지 않는가.

자신이 가진 능력의 3할을 숨기는 것이 구명지초가 되는 법.

제라드와 젝토르에게 마법을 배울 때도 그와 비슷한 소리를 들었다.

마법사는 항상 냉정하게 사물을 주시하고, 자신의 모든 것을 외부에 드러내지 않으면서 언제든 최악의 상태를 대비해야 한다고 말이다.

그러니 정진은 혹시라도 헌터 협회와 척을 지게 되는 상황이 되더라도 안전을 도모하기 위해 자신의 능력을 줄여 설명을 한 것이다.

"그렇습니까? 부족한 마력을 보충할 수단으로 상급 마정석 세 개가 필요하다는 말씀이신가요?"

"네, 그렇습니다. 상급 마정석 세 개와 중급 마정석 열다섯 개, 또는 상급 마정석 다섯 개와 하급 마정석 스물다섯 개가 필요합니다. 물론 하급 마정석은 하급 중에서도 최소 중급 이상은 되어야 합니다. 그래야 마법진에 쓰이는 상급 마정석을 보조할 수 있기 때문입니다."

정진은 단호한 표정을 지으며 설명을 마쳤다.

상급 마정석에 관해선 일절 협상을 하지 않겠다는 표현이었다.

이기동 부장으로서는 고개를 끄덕일 수밖에 없었다.

마법에 관해 알지 못하는 그의 입장에서 정진이 어떤 말을 하든 믿을 수밖에 없는 것이다.

뿐만 아니라 현재 협상의 칼자루를 쥐고 있는 쪽은 아티팩트를 제조할 수 있는 정진이지, 결코 헌터 협회가 아니기 때문에 무조건 받아들일 수밖에 없었다.

"알겠습니다. 그건 제가 이 자리에서 답변을 드릴 수가 없으니, 상부에 보고를 하겠습니다."

"네, 그렇게 하십시오."

이기동 부장은 정진과의 협상이 어느 정도 좋은 분위기에서 마무리되었다고 결론을 내렸고, 정진 또한 예상보다 좋게 상황이 흘러간다고 판단했다.

마정석을 공급해 주겠다는 말에 조금 욕심을 부려보았는데, 이기동 부장의 눈치를 보니 그것도 성사될 것처럼 보였다.

물론 상급 마정석 세 개를 최후의 마지노선으로 그어놓았기에 그 이상 공급되진 않겠지만, 아무래도 워낙 수요가 적기 때문에 딱 세 개만 공급될 것이라 생각했다.

상급 마정석을 얻기 위해선 중형(重形) 몬스터, 다시 말해 슈페리어급 이상의 몬스터를 잡아야 구할 수 있다.

예전 부아칸의 경우를 떠올려 보면 알 수 있듯이, 그만한 몬스터라면 아머드 기어 네 기가 있어도 승리를 장담할 수 없다.

개중에는 네 기가 아니라 여섯 기의 아머드 기어를 운용해도 위험할 수 있었다.

이처럼 슈페리어급 이상의 몬스터는 전투력뿐만 아니라 지능까지 가지고 있어 무척이나 위험한 존재라 할 수 있었다.

그런 만큼 당연히 상급 마정석을 얻는다는 것은 매우 힘든 일이었다.

국가 전략물자로 지정되는 것이 당연한 이유였다.

† † †

— 회장님, 이기동 부장이 면담을 요청하고 있습니다.

"음, 들어오라 하게."

끼익, 탁.

문이 열리는 소리와 함께 이기동 부장이 회장실 안으로 들어섰다.

"무슨 일인가?"

"예, 방금 정정진 헌터가 다녀갔습니다."

"오, 그래? 이쪽으로 앉게나."

전기수 회장은 사무실 한가운데에 있는 소파로 자리를 옮기며 이기동에게 자리를 권했다.

"그와 이야기를 해보았나?"

"네. 아마 정정진 헌터도 이미 어느 정도 예상은 하고 있었는지, 긍정적인 반응을 보였습니다."

"오, 잘됐군. 그래, 뭐라고 하던가?"

전기수 회장은 무척이나 기꺼운지 상체를 앞으로 바짝 당기며 대답을 재촉했다.

"으흠, 그러니까……."

이기동 부장은 살짝 긴장을 하며 이야기를 이어 나갔다.

"저희 헌터 협회에서 제공할 수 있는 것을 알려주었고, 또 정부에서도 아티팩트 생산에 관심을 보인다는 사실을 전달했습니다. 뿐만 아니라 정부에서 상급 마정석을 공급해 줄 수 있다는 말을 했더니 무척 반기는 표정이었습니다."

"그렇지."

전기수 회장은 고개를 끄덕였다.

자신이 보기에도 정부에서 큰 결심을 내린 건 분명했다.

중급도 아니고, 자그마치 상급 마정석이었다.

전략물자로 분류되어 함부로 외부에 유출할 수도 없는 물건.

만약 외국으로 슬쩍 흘러 나가기라도 한다면 큰 외교적 문제로 비화될 만큼 상급 마정석은 그 취급이 무척이나 신중했다.

"정정진 헌터는 상급 마정석 세 개를 요구했습니다. 그것도 최소한의 것이라 하면서 상급 마정석 세 개와 중급 마정석 열다섯 개를 요구했습니다."

"뭐? 다시 한 번 말해보게. 몇 개라고?"

전기수 회장은 도저히 믿기지가 않는다는 듯 재차 물었다.

"정정진 헌터가 말하길, 아티팩트를 만들기 위해선 많은 정신력과 마력이 필요하다고 했습니다. 그중 마력을 보조해 줄 마법진을 만드는 데 최소한 세 개의 상급 마정석이 필요하고, 그것들을 보조하기 위해 다시 중급 마정석 열다섯 개가 필요하다고 했습니다."

"그래도 상급 마정석 세 개와 중급 마정석 열다섯 개는 결코 적은 수량이 아닌데……."

전기수 회장은 살짝 이마에 주름을 그리며 인상을 썼다.

"회장님."

"왜?"

"어차피 상급 마정석은 저희와 상관도 없는 것 아닙니까? 중급까지야 저희 협회에서 자체적으로 공급해 줄 수 있다지만, 상급은 정부에서 관리를 하는 품목이니 그냥 정정진 헌터의 요구를 전달만 하면 될 것이라고 생각합니다. 전에 회장님께서 제게 말씀하시길, 대통령님께서도 정정진 헌터를 주시하고 있다고 하지 않으셨습니까?"

"음, 그렇지."

이기동 부장의 말을 듣고 있던 전기수 회장은 대통령이란 말에 떠오르는 것이 있었다.

대통령도 자신과 비슷한 생각을 하고 있으며, 정진이 아티팩트를 만들 수 있다는 것에 무척 관심을 가지고 있었다.

전기수 회장의 찌푸린 표정이 환하게 밝아졌다.

이기동 부장은 전기수 회장의 속내를 파악한 듯 설명을 이어 나갔다.

"대통령님께서는 이 일을 계기로 국가 경쟁력을 높이려는 것 같습니다. 그렇기 위해선 아티팩트를 생산할 수 있는 능력을 가지고 있는 정정진 헌터의 능력이 절대적으로 필요합니다."

"그렇지."

"그런 만큼 아마 정정진 헌터의 요구는 받아들여질 것입니다. 저희는 중간에서 최대한 정정진 헌터의 요구가 받아들여지게끔 힘을 쓰면 될 것입니다. 이전부터 그에게 여러 일에서 편의를 봐주었다는 것을 언급했으니, 그도 차현수 부회장보단 회장님 쪽으로 마음이 기울 것입니다."

이기동 부장의 설명을 들은 전기수 회장의 표정은 조금

전보다 더욱 밝아졌다.

"하하하, 역시 이 부장일세. 일 처리가 빈틈이 없구만. 잘했네, 잘했어."

전기수 회장은 이기동의 어깨를 두드리며 기뻐했다.

이기동의 입가에도 미소가 어렸다.

† † †

청와대 회의실.

현재 이곳에서는 대통령이 주재하는 주무장관 회의가 한창 진행되고 있었다.

"아니, 수출을 그렇게나 하고 있는데 어떻게 된 것이 대외무역 적자 폭은 갈수록 커진단 말입니까. 말씀을 해보세요!"

최대환 대통령은 재정경제부 장관의 보고에 인상을 쓰며 질타를 쏟아냈다.

"그게… 수입하는 품목의 가격이 올라 어쩔 수 없습니다."

재정경제부 장관인 김영순은 이마의 흐르는 땀을 닦으며 변명을 했다.

솔직히 그도 이런 자신의 대답이 궁색하다는 것을 잘 알고 있었다.

그렇지만 사실이 그런 것을 어떻게 할 것인가.

현시점의 경제구조에서는 몬스터 산업이 차지하는 비중이 매우 큰데, 몬스터 산업을 육성하기 위해선 몬스터 사냥은 필수였다.

몬스터 사냥을 통해 산업 전반적인 자원을 얻을 수가 있기 때문이었다.

하지만 대한민국은 아쉽게도 몬스터 관련 산업이 그리 발달되어 있지 못했다.

몬스터 산업의 산물 중 가장 대표적인 것이 바로 아머드 기어와 파워 슈트다.

대몬스터 병기인 아머드 기어는 말할 것도 없고, 파워 슈트는 그야말로 헌터의 기본 장비라 할 수 있었다.

그런데 대한민국은 파워 슈트조차 전량 외국에서 수입을 하는 형국이었다.

기술이 부족하기에 비싼 돈을 주고 수입을 할 뿐만 아니라, 정비를 하려 해도 필요한 부품을 구하기 위해서는 막대한 비용이 들어갔다.

그렇기 때문에 일부 헌터 클랜에선 정품이 아닌 복제품으로 부품을 교체하는 게 일상적이기도 했다.

대한민국의 몬스터 산업은 이렇듯 열악한 환경 속에서 외국 기업에 막대한 로열티를 지불하며 비싼 부품을 생산하거나, 정품이 아닌 불법 복제한 비품을 만들어 팔거나, 폐기한 장비를 재활용하는 쪽으로 발전하였다.

사정이 그러다 보니 몬스터 산업은 정부가 아무리 양성을 하려 애써도 활성화되지 못하고, 몬스터를 잡아도 높은 부가가치를 지닌 제품을 만들지 못한 채 재료 상태로 외국에 수출하는 형편이었다.

그러니 당연하게도 수출 대비 무역수지 적자 폭이 늘어날 수밖에 없는 것이다.

예전에는 재료를 수입해 완제품을 만들어 수출하였는데, 게이트 발생 이후로는 산업구조가 바뀌어 수출로 먹고살던 대한민국의 경제는 점점 어려워져 갔다.

"노태 그룹에서 개발하고 있는 아머드 기어는 어떻게 되고 있답니까?"

장관들의 보고 내용이 전반적으로 좋지 못하자 최대환 대통령은 이만 회의를 마치기로 마음먹었다.

그러다 문득 아머드 기어 개발을 해내겠다면서 정부에 타이탄 판매 허가를 요청한 노태 그룹이 떠올라 진행 상황을 물었다.

이전에도 많은 나라들이 뉴 어스에서 던전 탐사를 통해

많은 유물들을 발굴하였는데, 그중에는 타이탄에 관련된 것도 있었다.

하지만 온전한 형태를 가진 타이탄은 발굴된 적이 한 번도 없었다.

대부분이 파괴된 형태였던 것이다.

뉴 어스의 유사 인종들이 몬스터를 상대하기 위해 사용하던 타이탄.

이는 독자적인 아머드 기어를 완성할 수 있는 단초를 제공해 줄 중요한 유물이었다.

당연하게도 최대환 대통령은 타이탄이나 아머드 기어에 많은 관심을 가지고 있었다.

대한민국이 성장하기 위해서는 꼭 필요한 것이라 판단한 것이다.

물론 타이탄을 독자적으로 연구해 제품을 생산해 낼 수만 있다면 더할 나위 없이 좋겠지만, 현실적인 여건상 그건 불가능에 가까운 일이었다.

그래서 타이탄을 양도하고 대신 아머드 기어의 기술을 얻겠다는 어려운 결단을 내렸다.

하지만 미국은 최대환 대통령의 바람과는 다르게 아머드 기어 생산 기술이 아닌, 판매 쿼터를 늘려주는 것으로 입을 쓱 닦았다.

그나마 다행인 점은 노태규 회장이 타이탄을 일본 기업에 넘기면서 아머드 기어 생산기술을 넘겨받는 데 성공했다는 것이었다.

"예. 현재 노태 인더스트리에서 연구에 매진하고 있다 합니다. 일본에서 넘겨받은 기술을 보다 강화하여 현재 미국이나 유럽에서 생산되고 있는 제품 이상의 아머드 기어를 개발하겠다는 의욕이 대단합니다."

"좋아요, 아주 좋아요."

그나마 긍정적인 소식에 표정이 밝아진 최대환 대통령이었다.

"국장."

"예, 대통령님."

"들어온 소식 없습니까?"

"예. 안 그래도 조금 전 헌터 협회의 전기수 회장으로부터 연락이 왔습니다."

"그래요? 어떻게 되었답니까?"

"1차로 만나 협상을 벌인 결과, 무척 긍정적이란 답변을 받았습니다. 다만, 그 정정진이란 헌터가 상급 마정석을 최소한 세 개 이상 원한다고 합니다."

정용현 5국장의 보고에 최대환 대통령의 표정이 일순 굳어졌다.

비록 상급 마정석을 지원하겠다는 언급을 하기는 했지만, 정말로 상급 마정석을 요구하리라고는 미처 예상하지 못한 것이었다.

아니, 예상하지 못했다기보다는 최소한으로 세 개라는 숫자에 부담을 느낀 것이었다.

상급 마정석은 최소 100억, 아니, 1,000억 원을 가지고 있더라도 쉽게 구할 수 없는 물건이다.

돈이 있어도 구하기 힘든 물건인 상급 마정석인데, 세 개씩이나 요구하는 정진의 제안을 어떻게 받아들여야 할지 잠시 망설일 수밖에 없는 것이었다.

"그게… 최소한이라는 말씀입니까?"

"예. 그리고 상급 마정석이 세 개일 경우, 중급 마정석 열다섯 개도 함께 제공해 달라고 언급했다 합니다."

그것은 전기수 헌터 협회 회장으로부터 들은 이야기 그대로였다.

최대환 대통령은 눈을 감고 잠시 생각에 잠겼다.

'어떻게 한다…… 어찌해야 나라에 이득이 되는 일인가.'

상급 마정석의 전략적 가치와 정진이 그것을 이용해 아티팩트를 생산하는 일.

이 두 가지 일 중 어떤 것이 더 가치가 있는지 고심을 해보았지만, 쉽게 판단을 내릴 수가 없었다.

그때, 아직 판단을 내리지 못하는 최대환 대통령을 부르는 소리가 들려왔다.

"여보, 무슨 생각을 하기에 제가 온 것도 모르고 있어요?"

언제 왔는지 옆에는 영부인인 박영선이 서 있었다.

"아, 당신… 언제 온 것이오?"

"저녁때가 다 되었는데 오시지 않으니 찾아왔지요. 그래, 오늘은 무슨 고민 때문에 그렇게 밥때도 잊고 고민을 하고 계시는 거예요?"

"아, 다름이 아니라… 당신도 알 것이오. 아티팩트를 만들 수 있는 사람이 우리나라에 있다는 것을 말이오."

"아, 그 마법사라 주장하는 헌터 말씀이시죠?"

"그래요. 그 사람이 글쎄, 아티팩트를 만들기 위해선 상급 마정석이 필요하다고 했다지 않겠소."

최대환 대통령은 영부인과 함께 식당으로 가면서 조금 전

들은 이야기를 간략하게 들려주었다.

박영선은 그런 남편의 이야기에 눈을 반짝였다.

박영선도 영부인으로서 나름대로 남편을 돕기 위해 최선을 다하고 있었다.

그러던 중 아주 희한한 이야기를 들은 것이 있었다.

자신이 아는 변호사가 의뢰를 수임하고 승소 대가로 아티팩트를 받았다는 것이었다.

그런데 중요한 것은 그런 사실이 아니었다.

아티팩트의 기능이 박영선의 귀를 번뜩이게 한 것이었다.

그전까지만 해도 밤만 되면 이 핑계, 저 핑계를 대며 잠자리를 회피하던 변호사가 백팔십도 바뀌었다는 소문.

고개 숙인 남자에서 밤의 제왕으로 탈바꿈했다는 이야기에 박영선의 관심이 쏠린 것이었다.

그리고 지금, 박영선은 방금 남편의 이야기를 듣다 그 이야기가 문득 떠올랐다.

"여보, 비록 상급 마정석이 중요한 물건이라고 하지만, 당장 나라에 큰 도움이 되지는 못하잖아요. 그런데 아티팩트를 만드는 일은 장기적으로 우리 대한민국에 무척이나 도움이 될 거예요. 그리고 아티팩트 산업을 키우다 보면 나중에는 지금까지의 외교적 효과보다 더 큰 성과를 이룰 수도 있어요."

"그게 무슨 소리요?"

"이건 제가 여성 단체 활동을 하다가 들은 이야기인
데……."

박영선에게 자초지종을 들은 최대환 대통령의 눈에 불이
들어왔다.

"그랬다니까요. 생각해 보세요. 아티팩트로 남자의 자존
심이 살아난다면, 그 가치가 얼마나 대단할까요?"

대통령과 영부인의 대화 내용으로 보기에는 좀 남사스러
운 내용이지만, 남자에겐 무척이나 중요한 이야기였다.

그리고 사실 말은 하지 않았지만, 최대환 대통령도 이제
나이가 있어서 그런지 밤에는 부인을 쳐다보기가 미안했다.

남자는 나이가 들어도 강한 수컷이길 원하는 법. 하지만
그것은 마음대로 되는 일이 아니었다.

그런 와중에 문제를 해결할 수 있는 물건이 있다는데, 어
찌 관심을 가지지 않겠는가.

생각해 보니 그런 아티팩트가 있다면 여러 방면으로 활용
할 수도 있을 것 같았다.

최대환 대통령의 눈빛이 불꽃처럼 일렁이고 있었다.

Chapter 7
정부 관계자와의 협상

　여명이 밝기 전, 정진은 집 뒤에 있는 국사봉에 올라 명상에 들었다.

　국사봉(國思峰)이란 명칭은 양녕대군이 이 산에 올라 멀리 경복궁을 바라보며 국가와 왕실의 일을 걱정했다고 해서 붙여진 이름이다.

　조선 건국 당시 무학 대사가 한양을 돌아보니, 백호가 되어 한양 외곽으로 빠져나가는 형국임을 알고 그 맥을 잡아 빠져나가지 못하도록 사자암이란 암자를 지었다고 한다.

　이런 설화가 있을 정도로 국사봉은 풍수지리적으로 상당한 자연의 기를 품고 있어 정진은 시간이 날 때면 이곳에 올라 마나 연공을 하였다.

다른 사람들이 보기에는 그저 눈을 감고 정좌한 모습일 뿐이지만, 정진의 몸은 국사봉이 품고 있는 기운을 흡입해 심장의 서클에 축적하는 것이었다.

집에도 마나 집접진을 설치했지만, 그곳은 동생들이 점령을 하고 있어 이곳 국사봉 꼭대기에 올라 마나 연공을 하는 것이다.

"후⋯⋯."

정진은 들이마신 숨을 길게 천천히 내보내고는 눈을 떴다.

이윽고 마나 연공이 끝난 것이다.

정진의 모습을 조금 이상하게 쳐다보는 사람들이 있긴 하지만, 가끔 국사봉에 올라 명상을 하는 사람들이 있는 탓에 잠시 시선을 끌다 말 뿐이었다.

정진은 마나 연공을 끝내고도 그대로 자리에 앉아 산 너머 풍경을 지그시 쳐다보았다.

이는 정진이 오래전부터 가진 습관이었다.

뭔가 고민이나 생각이 많을 때 이렇게 국사봉에 올라 먼 곳을 바라보면 하늘 아래 모든 것이 하찮게 느껴졌다.

자신에게야 엄청난 고민거리이더라도 잠시 떨어져 생각

을 조금만 해보면 별것 아닌 문제일 때가 많았다.

이런 깨달음을 깨우쳤기에 정진은 뉴 어스에 가기 전부터 산에 올라 명상을 하며 자신을 돌아보곤 했다.

지금도 정진은 어떻게 하면 스승들에게 받은 은혜에 보답을 할 것이며, 그들의 염원을 들어줄 수 있을지 고민을 하고 있었다.

그리고 아티팩트 판매에 관한 문제도 숙고했다.

많이 만들어 팔면 돈이야 많이 벌겠지만, 단순히 아티팩트를 생산해 내기만 해선 남 좋은 일만 시키는 결과를 낼 것이 분명했다.

정진은 그것이 싫었다. 자신의 노력으로 다른 이도 돈을 벌면 좋은 일이지만, 자신은 고생만 하고 다른 사람이 결실을 보는 것은 옳지 않다고 생각하였다.

아무리 자신이 아케인의 마법을 널리 퍼트려야 하는 사명을 가지고 있다고 하지만, 언제나 주체는 자신이 되어야 했다.

막말로 팀 아케인을 만든 것도 사실 이정진이나 김지웅을 위해서만이 아니라 자신에게 필요한 부분이 있기 때문이었다.

아티팩트를 만들어준 것도 같은 맥락에서였다.

중간에 이상한 놈이 끼어들며 엉뚱하게 재판에 휘말리기도 했지만, 오히려 자신의 능력을 알리는 계기가 되어 계획이 앞당겨지게 되었다.

그렇게 아케인의 마법을 세상에 알릴 기회를 잡았지만, 정작 자신은 아직 준비가 덜되었다는 것이 문제였다.

주어진 기회를 그냥 이대로 흘려보낼 수는 없었다.

그래서 헌터 협회의 제안을 받아들인 것이다.

하지만 국사봉에 올라 마음을 추슬러 보아도 고민은 쉬이 해결되지 않았다.

'무엇부터 해야 할까?'

헌터 협회에서 원하는 것은 자신이 만든 아티팩트를 판매할 수 있는 권한이었다.

그리고 정부에서 원하는 것은 아티팩트가 국내에서 판매되는 것이고 말이다.

이 모든 조건을 충족하면서도 쉽게 구할 수 없는 제품을 만들어야 했다.

그 때문에 정진은 헌터 협회를 다녀온 뒤에도 계속해서 고민을 하였다.

"아!"

그 순간, 정진은 문득 떠오르는 것이 있었다.

그것은 바로 이세진 변호사에게 만들어준 활력의 반지였다.

언제나 활력을 유지할 수 있게 에너지를 발생시키는 그 반지는 많은 사람들이 관심을 가질 것이 분명했다.

한국뿐만 아니라 외국에서도 그것을 사기 위해 몰려들 것이다.

그렇게만 된다면 대한민국은 몰려드는 이들로 인해 새로운 전기를 맞을 것이 분명했다.

이는 정부가 원하는 바이기도 하기에 정진은 상급 마정석을 받는 것에 대해 미안해하지 않아도 될 것이다.

비록 당장은 값을 치를 수 없으니 자신이 만들어낼 아티팩트를 담보로 상급 마정석 세 개와 중급 마정석 열다섯 개를 임대하는 형태로 받을 것이다.

하지만 시간이 흘러 제대로 체계를 갖추게 된다면, 그때는 정당하게 대가를 치르리라 결심했다.

'정부의 요구는 그럼 그것으로 하면 되는 일인데, 그런데 상급 마정석을 이용한 마나 집접진은 어떻게 한다?'

한 가지 문제가 해결되니, 또 다른 고민거리가 발생하였다.

상급 마정석을 코어로 이용해 마나 집접진을 설치한다면

자신의 연구실에 만들어놓은 마나 집접진보다 더욱 많은 마나를 모을 수 있고, 그곳에서 수련을 한다면 보다 빠르게 6클래스로 성장할 수 있을 것이다.

정진은 그래서 고민을 했다.

지금 자신에게 가장 시급한 것은 마나를 모아 심장에 있는 서클을 늘리는 것.

이미 자신이 마법을 쓸 줄 안다는 사실은 세상에 공개되었다.

그 말인즉, 많은 사람들이 자신을 주시할 것이며, 또 어떻게든 이용하기 위해 갖가지 일들이 주변에서 벌어질 수도 있다는 의미였다.

자신을 직접적으로 노릴 수도 있고, 또 가족을 납치해 협박을 할 수도 있다.

이런저런 생각을 하다 보니 결국 자신의 마법 경지를 높여야 한다는 결론에 이르렀다.

"지금보다 더 높은 경지에 오르면 외부의 위협에서 보다 안전해질 수 있다."

한동안 그렇게 자리에 앉아 고민을 하던 정진은 자리에서 일어나며 결연한 표정을 지었다.

"그렇다면 마법진은 타라칸의 둥지에 만들면 어떨

까……."

처음 팀 아케인이 사냥을 갔을 때, 거점으로 타라칸의 둥지를 이용했다.

그리고 그때, 정진은 타라칸의 둥지 한쪽에 마나 집접진을 설치하였다.

당시 정진은 트롤을 잡아 얻은 하급 마정석을을 이용해 마나 집접진을 만들었다.

그 때문에 주변의 퍼져 있던 마나가 집중되어 다른 곳에서의 수련보다 배는 더 확실한 효과를 보았다.

이때, 마나 수련법을 알지는 못하지만 팀 아케인 멤버들도 집중된 마나로 인해 적잖은 혜택을 보았다.

팀 아케인 멤버들은 그러한 사실을 전혀 인지하지 못했지만 말이다.

그런 만큼 상급 마정석 세 개와 중급 마정석 열다섯 개면 충분히 서클 하나쯤은 늘릴 수 있을 것이라 생각됐다.

하지만 욕심이 났다.

마정석의 마나만으로도 6서클을 만들 수 있는데, 마나 집접진을 만든다면 어쩌면 일곱 번째 서클도 만들 수 있지 않을까 하는 욕심 말이다.

결국 정진은 보다 확률을 높이기 위해 마나가 풍부한 뉴

어스에서, 그것도 마나가 풍부한 타라칸의 둥지에 마나 집
접진을 고쳐 재설치를 하기로 결정했다.

✝   ✝   ✝

대한민국 헌터 협회 5층, 대회의실.

굳은 표정으로 열띤 논의를 벌이고 있는 세 사람.

얼마 전 부장에서 이사로 진급한 이기동과 대한민국 헌터
관리청장인 박용욱, 그리고 정진이 바로 그 주인공이었다.

이들 세 사람은 각자의 이득을 위해 열띤 논의를 하는 중
이었다.

정진은 자신이 아티팩트를 만들었을 때의 이득과 세금 문
제, 그리고 정부에서 판매를 약속한 상급 마정석의 확실한
보증을 위해 벌써 한 시간이 넘게 열변을 토하고 있었다.

비록 고등학교 중도 포기라는 타이틀을 갖고 있지만, 그
렇다고 자신의 가치를 알아보지 못할 정도로 무식하지 않았
다.

아니, 원래 머리가 똑똑하던 정진은 생활 전선에 뛰어들
어 자신의 가치를 어떻게 포장하느냐에 따라 달라진다는 것
을 보다 일찍 깨달았다.

그러니 헌터 협회를 대표해서 협상을 하는 이기동이나, 정부를 대변해 나온 박용욱 모두 쉽게 이득을 취하지는 못하고 있었다.

"아니, 다른 사람들과의 형평성 때문에 어쩔 수 없다고 하는데, 어째서 자넨 받아들일 수 없다고 항변을 하는 것인가."

일반적인 헌터나 헌터 클랜들은 책정된 세금에 불만을 가지면서도 결국엔 정부의 주장을 받아들여 34%라는 엄청난 세금을 내고 있었다.

하지만 정진은 그런 정부의 아티팩트에 대한 세금 정책을 받아들이지 않았다.

그도 그럴 것이, 다른 사람들이야 복권에 맞은 것처럼 우연히 발견하는 것이지만 자신은 직접 제조를 하는 것이니, 동일한 세금 정책을 받아들일 수가 없는 것이었다.

"그게 말이 된다고 생각하십니까? 아무리 제가 나이가 어리다지만, 이처럼 무시를 하는 것은 말도 안 됩니다."

정진은 직설적으로 자신의 감정을 토로했다.

박용욱을 압박하기 위한 언사였다.

"뭐가 말이 안 된다고 하는 것인가. 한 번 논리적으로 말을 해보게."

박용욱은 정진이 벌써 한 시간이 넘도록 거부만 하고 있는 것이 답답해 단도직입적으로 물었다.

그 순간, 정진은 속으로 미소를 지었다.

자신이 던진 미끼를 박용욱 관리청장이 덥썩 문 것이기에.

"생각해 보십시오. 제가 앞으로 내놓을 상품은 공장에서 생산하는 제품처럼 확실하게 제조되는 물건입니다. 그런데 그런 물건에 복권에 부과하는 것과 같은 세율의 세금을 물린다는 것이 타당하다고 생각하시는 것입니까?"

정진은 조금 더 큰 목소리를 내며 따지듯 말을 하였다.

정진의 강한 기세에 이기동은 아무 말도 하지 못하고 고개만 끄덕였다.

그가 듣기에도 정진의 말이 일리가 있는 것이었다.

우연히 떨어진 돈을 줍듯 불로소득을 얻는 것이 아니라, 재료를 구하고 기술과 노력을 더해 제품을 만드는 것이다.

비록 생산되는 제품이 아티팩트라 해도 다를 것은 없었다.

그런데 복권과 똑같은 세금을 물린다면 아티팩트를 제조한 사람으로서 무척이나 억울한 마음이 들지 않겠는가.

"하지만 둘 다 아티팩트란 점은 같지 않은가."

헌터 프론티어

"뭐가 같다는 말씀이십니까. 아티팩트란 결과물만 생각지 마시고, 과정을 잘 생각해 보십시오."

정진은 박용욱 청장이 어느 정도 넘어왔다는 것을 느끼며, 이번에는 조금 차분한 어조로 설명을 하기 시작했다.

"헌터나 헌터 클랜이 뉴 어스에서 던전을 탐사해 아티팩트를 발굴하는 것은 사실 부수적인 수입 아닙니까? 막말로 헌터의 주 임무는 몬스터를 사냥해 마정석을 확보하는 것 아닙니까?"

"그렇지."

"그에 반해 저는 전적으로 아티팩트를 만듭니다. 무슨 소리인가 하면, 헌터 협회를 통해 마정석을 구입해 제가 알고 있는 비법으로 아티팩트를 만들어 판매하는 것입니다. 다시 말해 제 주력 상품은 아티팩트란 소립니다. 헌터들과는 달리 직접 제조를 한다는 말이죠."

정진은 다른 헌터들이 아티팩트를 얻는 것과 자신이 아티팩트를 생산하는 방식이 전혀 다름을 역설했다.

박용욱은 정진이 무슨 주장을 하는 것인지 깨달았다.

"그러니까… 자네 말은 다른 사람들은 불로소득으로 습득한 것이지만, 자넨 아니란 소리지?"

"네, 맞습니다. 전 아티팩트를 제조하기 때문에 직접 몬스터 사냥을 하지 못합니다. 더욱이 아티팩트를 제조하기 위해 마정석을 직접 구매해야 하는 실정입니다."

"음……."

박용욱은 자신도 모르게 신음을 흘렸다.

정진이 주장하는 바가 무엇인지 확실히 알게 되었지만, 그렇다고 문제가 없지는 않았다.

이 문제만큼은 자신이 마음대로 정할 수 있는 부분이 아닌 것이다.

"이 문제에 대해서는 저도 절대로 양보할 수 없습니다. 만약 계속해서 같은 주장을 한다면 전 아티팩트 제작을 하지 않겠습니다."

정진이 마치 폭탄선언을 하듯 말했다.

"아니, 그게 무슨 소린가?"

옆에서 두 사람의 이야기를 듣고 있던 이기동이 얼른 정진의 말을 받았다.

"아니, 잘 생각해 보십시오. 제 말이 맞지 않습니까?"

사실 이번 협상의 칼자루는 정부가 아니라 정진이 잡고 있었다.

정부나 헌터 협회가 아티팩트를 국내에서 판매하고 싶다면 정진이 어떤 요구를 하든 들어줘야만 하는 입장인 것이다.

정부와 헌터 협회는 최소한의 지원으로 최대한의 효과를 보려고 하는 것이고, 정진은 그와 반대로 최대한 유리한 조건에서 보다 많은 지원을 받으려고 하는 것이다.

"전 지금 제 주장이 결코 상식을 벗어난 것이 아니라고 생각합니다."

정진은 전혀 흔들리지 않는 눈으로 박용욱 청장과 이기동 이사를 상대하며 끝까지 자신의 주장을 굽히지 않았다.

"하… 자네 말이 틀리지는 않다만, 세금 문제는 쉽게 결정할 수 있는 문제가 아니네."

"그렇다면 더 이상 협상을 진행할 수 없습니다."

정진은 단호한 표정으로 선을 그었다.

"저기, 그러지 말고 일단 청장님도 상부에 정정진 헌터의 조건을 상신해서 조율해야 하는 문제이니 오늘은 이만 협상을 접고 내일 다시 같은 시각에 만나 논의를 하는 것이 어떻겠습니까?"

이기동 이사는 헌터 협회 간부로서 정부의 헌터 관리 부서장의 눈치도 봐야 하고, 또 헌터인 정진의 입장도 대변해야 하는 입장이라 둘 다 무시할 수가 없었다.

박용욱이야 원래 헌터 협회보다 갑의 입장이고, 정진 또

한 갑은 아니지만 실질적으로는 갑 이상의 입장이라 정진의 눈치를 봐야만 했다.

그러니 첨예한 대립을 하고 있는 지금은 무리해서 조율을 하기보단 시간을 두고 생각을 정리한 뒤, 다시 협상을 진행하는 것이 더 나아 보였다.

"좋습니다. 그럼 오늘은 이 정도에서 그치는 것이 좋겠습니다."

"알겠네. 나도 상부와 협의를 해봐야 할 것 같으니, 내일 다시 만나 논의하기로 하지."

"네. 그럼 내일 다시 2차 협상을 진행하기로 하고 오늘은 이만하겠습니다."

이기동은 자신의 말을 양쪽에서 아무런 이의 없이 들어줘서 다행이란 생각에 빠르게 정회를 선언했다.

헌터 협회 5층, 이기동의 사무실.

정부 대표인 박용욱 청장이 돌아가자 이기동은 정진을 불러 이야기를 나누고 있었다.

"정정진 헌터님."

"예?"

"청장님을 너무 몰아붙이신 것은 아닌가 하고 걱정이 됩니다."

이기동의 우려에 정진은 단호한 표정으로 대답을 했다.

"조금 전에도 말씀드렸지만, 제가 제조하는 아티팩트에 부과되는 세금 문제는 결코 양보할 수 없는 일입니다."

"그렇긴 하지만, 그래도……."

"아닙니다. 제가 이러는 것은 사실 헌터 협회에도 도움이 되는 일입니다."

"도움이요?"

이기동은 정진이 하려는 말이 무엇인지 잘 이해가 가지 않아 되물었다.

"예. 이번에 정부와 협상이 마무리되면, 헌터 협회는 저와 약속한 대로 아티팩트에 대한 판매 권한을 가지게 됩니다."

정진의 이야기가 계속될수록 이기동의 눈은 점점 커졌다.

그도 그럴 것이, 자신이 생각하는 것 이상으로 이번 문제가 크다는 사실을 깨달았기 때문이다.

이기동은 정진이 아티팩트를 만든다고 해도 그 수가 몇 되지 않을 것이라 짐작했다.

하지만 정진의 이야기를 들을수록 마법이란 것이 얼마나

대단한 것인지 새삼 느끼게 되었다.

"지금 당장이야 제 능력의 한계 때문에 다양한 물건을 만들지 못하겠지만, 제 능력이 더욱 발전한다면 그때는 어마어마한 물량이 쏟아질 것입니다. 그때는 지금과 같은 경매 방식이 아니라 헌터 협회 내에 상점을 세워 본격적인 판매를 하게 될지도 모릅니다."

정진의 설명에 이기동은 눈앞에 있는 젊은이가 자신의 생각 이상으로 대단하며, 결코 놓쳐서는 안 될 사람이란 것을 느끼게 되었다.

또 한편으로는 정진의 존재로 인해 대한민국이 어떻게 변화할 것인지 기대감이 들기도 했다.

겉으로 보기에는 대한민국이라는 나라에 대해 냉소적이고 별로 애정이 없는 것 같지만, 자신이 만들어낼 아티팩트에 대한 설명을 하면서 은연 중 대한민국에 대한 애정을 느낀 것이었다.

"잘 알겠습니다. 그렇다면 저희 협회에서도 정정진 헌터님의 계획을 적극적으로 응원하겠습니다."

"그렇게 해주신다면 감사하겠습니다."

"아닙니다. 이 모두가 협회에도 도움이 되는 일이니, 당연히 정정진 헌터님을 지지해야죠."

"다시 한 번 말씀드리지만, 정말로 감사합니다."

"그럼 내일 협상을 위해 저도 회장님께 보고하러 가봐야겠군요."

"예. 저도 이만 일어나려 했습니다. 그럼 내일 뵙겠습니다."

"네. 조심히 들어가십시오."

정진은 자리에서 일어나 밖으로 나갔다.

이기동은 정진의 모습이 보이지 않자 자신도 급히 7층의 회장실로 향했다.

오늘의 협상 결과와 조금 전 정진에게 들은 계획에 대한 보고를 해야 하기 때문이었다.

✝　　　✝　　　✝

청와대.

헌터 협회에서의 협상이 중단되자 박용욱 헌터 관리청장은 바로 청와대로 왔다.

최대환 대통령이 이번 협상에 대해 무척이나 관심이 많기 때문에 전반적인 사항 모두를 보고해야 하기 때문이었다.

잘만 되면 점점 침체되고 있는 경제를 살릴 수도 있는 일이기에 최대환 대통령으로서도 관심을 두지 않을 수 없었다.

더욱이 남자의 자존심을 세워주는 아티팩트가 있다는 사실까지 들었으니 개인적인 욕심도 조금은 가질 수밖에 없지 않겠는가 말이다.

이젠 황혼을 보는 나이라 하지만 남자로서 이 얼마나 가슴 두근거리게 하는 물건인가.

동서고금을 막론하고 권력자의 최고 관심사는 언제나 무병장수였다.

좋은 표현으로 무병장수지, 그 의미를 들여다보면 건강한 몸으로 권력을 영원히 가지고 싶다는 의미였다.

그리고 권력을 가진다는 것은 여자를 가진다는 말과 의미가 상통했다.

남자의 무덤은 여자라고 했던가. 권력 투쟁에 지친 남자가 찾는 것은 여자이고, 그 여자에게서 위로를 받는 것이다.

그런데 나이가 들면 자연스레 몸이 말을 듣지 않아 고개를 숙이게 되기 마련.

이 얼마나 황당한 일이란 말인가.

일국의 수천만 국민들을 이끄는 사내대장부가 위로 받기 위해 찾은 여자에게서 고개를 숙인다는 것이 말이나 되는 소린가.

그럴수록 남자는 더욱 여자를 원하게 되고, 몸은 그에 따르지 못하니 스트레스를 풀 곳이 없어지는 것이다.

그러다 보니 엉뚱한 방법으로 스트레스를 해소하게 되는데, 그것은 정상적인 방법이 아니기 때문에 그러한 사실이 알려지게 되면 만인의 지탄을 받을 수밖에 없다.

즉, 말로가 좋지 못하다는 소리다.

최대환 대통령은 자신은 절대 그렇게 되지 않으리라 다짐했다.

만약 그런 상황이 닥친다면 차라리 깨끗하게 권력의 자리에서 물러나 재야에 묻힐 것이라 결심했다.

그런데 이젠 그럴 필요가 없어졌다.

아티팩트, 그 신비한 물건이 정말로 자신에게 한 줄기 구원의 빛으로 다가온 것이다.

아직 널리 알려지진 않았지만, 국내 변호사 중 한 명이 그와 비슷한 아티팩트를 소유하고 있으며, 더욱이 그 변호사에게 아티팩트를 만들어 준 사람이 있다.

최대환 대통령은 그 변호사를 통해 아티팩트를 만든 사람에 대해 많은 정보를 듣게 되었다.

이제 겨우 20대 초중반인 젊은이.

현대에서 가장 각광 받는 직업인 헌터이면서, 한편으로는 아주 특별한 능력을 가지고 있다 했다.

기적이라 불려도 하등 이상할 게 없는 마법이란 능력을 지니고 있으며, 심지어는 직접 아티팩트도 만들 수 있다고 했다.

이러한 정보를 들었을 때 가장 먼저 떠올린 생각은 그 젊은이를 절대로 외국에 뺏기지 않아야겠다는 것이었다.

시간이 흐르면서 최대환 대통령의 생각은 더욱 많아졌으며, 그를 잘만 이용한다면 침체된 경기를 살릴 수도 있으리라 기대가 되었다.

그리고 그건 자신 혼자만의 생각이 아닌, 모든 정부 부처 장관들의 생각이기도 했다.

그랬기에 최대환 대통령은 될 수 있으면 그가 원하는 조건을 모두 들어주겠다는 생각마저 하게 되었다.

자신은 물론이고, 대한민국 경제에 구원이 될 테니 말이다.

그런 이유로 최대환 대통령은 하루 종일 다른 업무에 집중을 하지 못하고 협상에 대한 보고를 오망불매 기다리는 중이었다.

똑똑.

"대통령님."

"아, 기다렸습니다. 자, 이리 앉아요."

"감사합니다."

최대환 대통령은 박용욱 헌터 관리청장을 반갑게 맞았다.

"어떻게 되었습니까?"

그러고는 자리에 앉기 무섭게 협상의 결과를 물었다.

안달하는 최대환 대통령의 모습에 박용욱 청장은 한껏 긴장하며 입을 열었다.

"일단 오늘의 협상은 결렬되었습니다."

"결렬이라고요? 아니, 무엇 때문입니까?"

최대환 대통령의 표정이 살짝 굳었다.

그러자 박용욱 청장은 서둘러 머릿속을 정리하고는 협상 테이블에서 정진과 나눈 이야기를 하나하나 쏟아냈다.

얼마나 시간이 흘렀을까.

끝날 것 같지 않던 그의 보고가 마무리되고, 이야기의 끝에서 최대환 대통령은 미간을 찡그렸다.

"그러니까, 청장의 말씀은 그가 지금까지 아티팩트에 부과되고 있는 세금 규정에 대해 불만을 가지고 있다는 말씀이십니까?"

최대환 대통령은 그 한마디로 기나긴 이야기를 단축시켰다.

"네, 그렇습니다."

"한 사람으로 인해 조세 제도를 고칠 수는 없습니다."

"하지만 사실 그의 말도 일리가 있습니다. 지금까지 아티팩트는 헌터들에게 복권과도 같은 것이었습니다. 사실 던전을 탐사하다가 우연히 발견한 것이지요."

박용욱 청장은 조곤조곤 설명을 이어 나갔다.

"그가 말하길, 땅에 떨어진 돈을 줍는 것과 재료와 기술을 가지고 제조한 물건의 결과물이 서로 같다고 해서 같은 세금을 부과한다면, 과연 누가 아티팩트를 제조하겠느냐고 했습니다. 그리고 만약 조세 규정이 바뀌지 않는다면 자신이 이 나라에서 아티팩트 제조를 굳이 할 필요가 있냐고 했습니다."

"뭐라고요?"

이야기를 듣던 최대환 대통령은 박용욱 청장의 마지막 말에 너무 놀라 자리에서 벌떡 일어나고 말았다.

"그, 그게 정말입니까? 그가 그렇게 말을 했단 말입니까?"

"그렇습니다. 제가 곰곰이 생각해 봐도 그의 말이 틀렸다고 할 수는 없었습니다."

"으음……."

최대환 대통령은 자신도 모르게 신음을 흘렸다.

장관들과 회의를 통해 지원책을 내놓으면서도 그런 생각은 한 번도 해보지 못했다.

자신들이 제시한 제안을 정진이 무조건 받아들일 것이라 예상했던 것이다.

그런데 엉뚱한 곳에서 협상이 막혀 중단되었을 뿐만 아니라, 잘못하다가는 엄청난 이윤이 달린 산업 하나가 외국으로 빠져나갈 수도 있다는 생각마저 들었다.

"그리고… 이야기를 나누며 분위기를 살펴보니 그가 만들 수 있는 아티팩트의 종류가 저희가 알고 있는 것보다 훨씬 많을 것처럼 보였습니다."

"그건 또 무슨 소립니까?"

최대환 대통령은 박용욱 청장의 말에 고개를 번쩍 들었다.

"저희가 파악한 바에 따르면, 그는 자신이 속한 몬스터 헌팅 팀에 마법 무기를 만들어주었다고 합니다. 그레이트 소드와 바스타드 소드, 그리고 몬스터의 공격을 막아주는 방패와 두터운 몬스터의 가죽을 한 방에 뚫어버리는 크로스보우, 마지막으로 자신을 변호했던 변호사에게 변호 비용 대신 만들어준 마법 반지가 있습니다."

"그건 저도 익히 들어 알고 있지요."

"그런데 그것 외에도 더 많은 제품들을 만들 수 있다고 합니다."

"그게 정말입니까?"

"이건 제 주관적인 판단이 아닌, 헌터 협회 전체의 예상입니다. 겉으로 파악된 것 이상의 능력을 더 가지고 있을 것이라 짐작하고 있더군요. 바로 마법 말입니다."

실제로 헌터 협회에서는 오래전부터 정진을 예의 주시하고 있던 터라 그의 능력에 대해 어느 정도는 파악하고 있었다.

"마법이라… 마법이란 게 그리도 대단한 것이란 말입니까?"

"예. 실제로 그자가 속한 팀이 열네 명의 다크 헌터와 네기의 아머드 기어를 물리쳤다고 합니다. 그 와중에 이상한점이 있습니다. 아머드 기어 중 하나는 땅에 삼분지 이나묻혔고, 둘은 뭔가에 그을려 내부 전선과 회로가 타버린 상태였다고 합니다. 조사관들의 판단에는 정정진이란 헌터가마법으로 처리한 것이 아닌가 짐작하고 있습니다."

"마법이 아머드 기어까지 상대할 수 있다는 말입니까?"

"그렇습니다. 그런데 여기서 가장 주목하셔야 할 것은 마지막 한 기의 상태입니다."

"남은 한 기요?"

"예. 그 아머드 기어는 오른쪽 무릎관절이 부서져 있었는데, 조사 과정에서 밝혀진 바로는 금속피로로 인한 파괴라고 합니다."

이야기를 들은 최대환 대통령은 이상한 점을 전혀 느끼지못했다.

"그게 어떻다는 것이죠?"

"그게… 부러진 관절 부위에 크로스 보우에서 발사된 볼트의 흔적이 남아 있었다는 것입니다."

"음?"

"조사관의 보고를 종합해 보면, 그 정정진이란 헌터는 그어떤 물체에도 마법을 이용해 아티팩트로 만들 수 있다는 결과가 나옵니다."

최대환 대통령은 그때까지도 눈만 깜빡일 뿐, 박용욱 청장이 하는 말의 핵심을 깨닫지 못하고 있었다.

"그에게는 우리가 알지 못하는 것이 더 있을 것입니다. 일단 알려진 것만 만들어 판매한다고 해도 많은 세금이 들어올 것입니다. 뿐만 아니라 그가 만든 마법 무기를 사기 위해 국내 헌터들은 물론이고, 외국의 헌터들도 이 나라로 몰려들 것입니다."

"아……."

외국의 헌터들이 몰려올 것이란 대목에서 최대환 대통령은 감탄사를 흘렸다.

지금까지 자신은 아티팩트에 대해 돈 많은 부자들만 구할 수 있는 물건만 생각했는데, 이야기를 듣다 보니 그 이상이었던 것이다.

특히나 헌터들이 구매할 것이란 대목에서 머릿속이 복잡

하게 굴러가기 시작했다.

헌터들은 이 세상의 또 다른 대형 소비 집단이었다.

많이 벌고, 또 많이 소비를 한다.

이들은 일국의 군대 이상으로 많은 돈을 소비하는데, 그 이유는 몬스터를 보다 효과적으로 잡으면서도 자신의 안전을 도모하기 위한 장비를 아낌없이 구입하기 때문이었다.

기본 장비인 파워 슈트에서부터 몬스터를 사냥하기 위한 무기류까지, 하나하나가 다 고가의 제품들이었다. 헌터들에게는 아티팩트가 곧 생명이기 때문이다.

그런데 아머드 기어까지 무난하게 상대할 수 있는 아티팩트가 있다면 어떨까?

그런 무기라면 세상의 그 어떤 헌터라도 탐을 낼 것이다.

헌터들로서는 만약 출시되기만 하면 누구나 구입하려고 할 것이 분명했다.

"만약 그러한 무기를 국군이 보유하게 된다면, 국토를 되찾을 수도 있을 것입니다."

박용욱 청장은 감정이 격앙된 듯 강하게 말을 하였다.

최대환 대통령의 눈이 다시 한 번 커졌다.

잃어버린 국토를 찾을 수 있다는 말에 놀란 것이다.

"어떻게 찾는단 말인가요?"

"알아보니 그가 속한 헌팅 팀이 주로 사냥하는 몬스터는 트롤이라고 합니다."

"트롤이요? 그것은 재생력이 뛰어나 잡기 힘들다고 하지 않았나요?"

"맞습니다. 일반 헌팅 팀으로서는 도저히 잡을 수 없어 아머드 기어가 꼭 필요하다고 알려진 몬스터입니다."

"그래요? 그런데 그걸 아머드 기어도 없는 헌팅 팀이 잡는단 말씀입니까?"

"예. 그뿐만이 아니라 중급 몬스터인 오우거도 잡았다고 합니다."

"아니!"

최대환 대통령은 도저히 믿을 수가 없었다.

하지만 헌터 협회 관계자가 그렇게 말하니 믿지 않을 수도 없었다.

"만약 그런 아티팩트를 국군, 아니, 특전사 같은 특수부대에게 지급할 수만 있다면 몬스터에게 빼앗긴 국토를 되찾을 수 있지 않겠습니까? 지금도 대몬스터 특수부대원들이 목숨을 걸고 몬스터와 싸우고 있는데 말입니다."

박용욱 청장의 이야기를 듣던 최대환 대통령은 할 말을 잃었다.

사실 자신은 미처 그 부분까진 생각지 못하고 있었다.

실제로 대한민국에서 게이트가 두 곳이나 발생하면서 심각한 문제가 발생했다.

총기 규제로 인해 초기에 적절한 대처를 하지 못하는 바람에 상당히 많은 민간인도 희생되었다.

군대가 출동을 하고서야 간신히 사태를 막아낼 수 있었지만, 대한민국은 아직 게이트로 인한 몬스터 사태를 완벽하게 해결한 것이 아니었다.

일부 몬스터는 험준한 산속으로 들어가 자리를 잡았다.

뒤늦게 그런 사실을 알게 되었지만, 이미 산속에 터를 잡아버린 몬스터는 순식간에 숫자를 불려가며 세력을 넓혔다.

서울처럼 도심 안에 게이트가 발생했다면 그나마 출동한 군경이 몬스터를 제압했을 테지만, 지리산 인근의 제2게이트에서 나온 몬스터는 그러지 못했다.

경쟁자나 상위 포식자가 없는 지구의 숲은 게이트를 넘어온 몬스터에겐 천국이나 마찬가지였다.

그렇게 세력을 불린 몬스터 때문에 대한민국 정부는 입산금지란 성명을 발표하였다.

그와 동시에 정부는 몬스터에게 빼앗긴 국토를 찾기 위해 군을 동원해 전쟁을 벌이고 있지만, 예산이 부족한 탓에 아직도 몬스터에게서 국토를 되찾지 못하고 있는 상황이었다.

그런데 오우거도 잡을 수 있는 마법 무기로 군대가 무장을 한다면 어떻게 될까?

군대에도 헌터들과 같은 이들이 존재했다.

군에서는 특수부대원 중 지원자에게 헌터처럼 마정석의 에너지를 주입하여 대몬스터 특수부대를 만들었다.

그들은 지금도 몬스터에 빼앗긴 국토를 되찾기 위해 몬스터와 전쟁을 벌이고 있다.

만약 그들에게 팀 아케인의 헌터들이 가지고 있는 아티팩트로 무장을 하게 된다면 몬스터에게서 빼앗긴 땅을 되찾는 것은 일도 아닐 것이다.

그러면 그 뒤로는 몇몇 외국처럼 군대를 이용해 게이트 너머 뉴 어스에 영토를 늘릴 수도 있을 것이란 생각을 하게 된 최대환 대통령이었다.

"좋아, 박 청장."

"예?"

"계획을 한 번 짜봅시다."

"어떤 계획 말씀입니까?"

"아니, 조금 전에 당신이 그러지 않았습니까? 특수부대에 아티팩트를 보급하자고 말입니다."

"아, 알겠습니다. 그럼 대통령님께서는 그가 요구하는 대로 아티팩트에 부과되는 세금을 일반 공산품과 같은 세율로 매기는 것에 승인을 하신다는 말씀입니까?"

하나를 받기 위해 일단 내 것 하나를 내줘야 하는 게 정치인 법.

특수부대를 아티팩트로 무장시키기 위해선 어떻게든 정진을 구슬려야만 했다.

그러니 이 나라의 대통령으로서 최대한의 노력을 해봐야 하지 않겠는가.

최대환 대통령의 생각을 읽었는지, 박용욱 헌터 관리청장 또한 굳은 표정으로 대답을 하였다.

"알겠습니다. 바로 준비하겠습니다."

"좋아요, 나가보세요."

"예. 그럼……."

집무실을 나서는 박용욱 청장의 뒷모습을 물끄러미 쳐다보던 최대환 대통령의 눈에는 어느덧 몬스터가 사라진 대한민국의 산과 들이 보이는 듯했다.

Chapter 8
아케인 마탑의 기초를 세우다

대한민국 헌터 협회 회의실.

전날 그랬듯 정진은 오늘도 정부와 2차 협상을 벌이기 위해 헌터 협회 회의실에 나왔다.

정진에게는 자신이 요구한 아티팩트에 책정된 세금을 과연 정부가 적정 수준으로 낮춰줄 것인가 하는 것이 최대 관심사였다.

쉽게 들어주진 않을 테지만 그에 대한 대비책도 마련되어 있기에 정진은 큰 부담 없이 박용욱 헌터 관리청장의 맞은편에 앉았다.

"청장님, 어제 제가 제시한 것은 논의해 보셨습니까?"

정진의 부름에 박용욱 청장은 잠시 움찔했다.

비록 자신의 절반 정도밖에 살지 않은 어린 청년이지만, 이번 협상을 하는 것을 보면 무척이나 노련한 전문가 같아 쉽게 대할 수 없었다.

"예, 논의해 보았습니다. 그런데 정정진 헌터가 아티팩트를 만들어 판매하게 된다면 어느 정도 수량을 일정하게 제공해 주어야 하는데, 얼마나 생산하실 계획이신지요? 정부도 세수 확보를 위해선 어쩔 수 없이 이런 것까지 다 따져봐야 하니 최대한 정확한 수량을 알려주시기 바랍니다."

박용욱 청장은 더 이상 질질 끌려가기보단 빨리 결론을 짓고자 단도직입적으로 물었다.

정부가 아티팩트에 대해 복권과 같은 세금을 물리는 것도 모두 세수 확보 차원에서 그런 것이었다.

어제 정진이 설명을 했듯 헌터들이 던전에서 아티팩트를 발굴하는 것은 정말로 길에 떨어진 돈을 줍는 것과 같은 불로소득이라 할 수 있었다.

그래서 정부는 아티팩트에 그렇게 일반 공산품과 다른 세금을 부과한 것이다.

하지만 정진이 하려는 것은 일반 공산품처럼 아티팩트를 고정적으로 생산을 하여 판매를 하려는 것이니, 세금 문제를 다르게 책정을 해야만 했다.

그런데 정진이 판매하는 아티팩트만 다른 세금 조항을 만들어 적용한다는 것도 순탄한 일만은 아니었다.

만약 이런 것을 악용하게 된다면 정부로서는 세수를 확보하는 데 어려움을 겪을 것이 빤하기 때문이다.

만약 다른 헌터들이 던전에서 발굴한 아티팩트를 정진에게 판매를 해버린다면 막을 방법이 없기 때문이다.

그리고 정진이 그렇게 헌터들에게 사들인 아티팩트를 자신이 만들었다고 속여 판매를 하면 정부로선 그것이 던전에서 발굴된 아티팩트인지, 아니면 정진이 만든 것인지 알아낼 도리가 없었다.

그러니 무척 신중하게 접근을 해야만 했다.

"일단 제가 설립한 회사는 '아케인 인더스트리' 라고 칭할 것입니다."

"아케인 인더스트리요?"

"예. 현재로선 다른 이름이 생각나지 않네요."

"뭐 회사명은 그렇다 치고, 그럼 생산하는 아티팩트는……."

"우선적으로 제가 생각하는 바는… 현재 제가 소속된 팀 아케인의 멤버들이 사용하고 있는 매직 웨폰을 생산할까 합니다."

"매직 웨폰? 그게 무엇입니까?"

박용욱 청장으로서는 처음 듣는 생소한 명칭이었다.

"뭐, 별거 없습니다. 명칭에서도 알 수 있듯 마법이 담긴 무기입니다. 헌터들이 몬스터를 잡기 위해 사용하는 무기에 마법을 담아 보다 쉽게 몬스터를 잡을 수 있게 한 것입니다."

"아!"

박용욱 청장은 매직 웨폰이 아티팩트와 같은 의미임을 알고 고개를 끄덕였다.

"몬스터 사냥용 무기를 생산한다면 많은 헌터들이 이를 찾을 것이니, 제가 생산하는 아티팩트에 부과되는 세금만으로도 기존 아티팩트에 적용된 세금보다 더 많은 세금을 확보할 수 있을 것이라 생각합니다."

옆에서 두 사람을 중재하기 위해 자리하고 있던 이기동 이사는 깜짝 놀랐다.

그 역시 팀 아케인이 뉴 어스에서 다크 헌터들을 물리쳤다는 보고를 받아보았다. 그것을 보면 정진이 만든 매직 웨폰이란 것이 아머드 기어까지 상대할 수 있는 아티팩트란 것을 알 수 있었다.

그런데 지금 공장처럼 제작하여 만들어 팔겠다고 하고 있으니, 놀라지 않을 수가 없었다.

"정말 그 매직 웨폰이란 것을 만들어 팔겠다는 말씀이십니까?"

"네. 무슨 문제 있습니까?"

"아, 아닙니다. 그저 놀라워서……."

그사이, 박용욱 청장은 정진의 이야기를 듣고 머릿속을 맹렬하게 굴리기 시작했다.

방금 정진이 한 이야기는 어제 대통령과 관계 장관들이 모여 회의를 할 때 나온 이야기였다.

정진이 아티팩트를 생산할 때 무기류도 생산할 것이 분명하다는 것.

박용욱 헌터는 차분하게 질문했다.

"그럼 그 매직 웨폰이란 것의 판매가는 얼마로 책정을 할 생각입니까?"

사실 박용욱 청장으로서는 정진이 매직 웨폰이든 아티팩트든 무엇을 만들어 팔아도 상관이 없었다.

직접적으로 자신에게 혜택으로 돌아오는 것이 아니기에 정부를 대표로 협상을 하는 것뿐이다.

다만, 대통령의 은밀한 명령이 있었기에 정진이 언급한

매직 웨폰에 대한 물음을 던진 것이다.

"일단 제가 생산할 아티팩트에 일반 공산품에 적용되는 세율을 적용해 달라고 했으니, 일정 수량을 맞춰야 하겠지요. 일단 한 달에 1,000개를 생산하려고 합니다."

"네?"

"아티팩트를 한 달에 1,000개나 생산을 한다는 말씀이십니까?"

박용욱 청장과 이기동은 깜짝 놀라 동시에 되물었다.

아티팩트 1,000개면 1년 동안 전 세계에 거래되는 아티팩트의 절반에 해당하는 수량이었다.

현재 지구상의 게이트 숫자는 모두 합쳐 170여 곳.

개중에는 게이트가 하나밖에 없는 곳도 있고, 또 미국처럼 여러 개인 나라도 있었다.

대한민국은 땅의 크기에 비해 게이트의 숫자가 두 개나 되어, 다른 나라에 비해 게이트의 숫자가 많은 편이라 할 수 있었다.

일본만 해도 한반도의 두 배나 되는 면적을 가진 나라지만 게이트의 숫자는 한 개에 불과하고, 중국도 두 개뿐이었다.

게이트 사태 초기에야 많은 어려움을 겪었으나, 지금에

이르러선 개발하기에 따라 큰 도움이 될 수 있는 바였다.

그렇지만 현재 대한민국은 두 개나 되는 게이트를 효과적으로 활용하지 못하고 있는 상황.

국토의 일부는 게이트에서 몰려나온 몬스터를 막지 못해 빼앗긴 상태고, 또 헌터의 숫자가 적은 편에 속하다 보니 두 개의 게이트가 버거운 상황이었다.

그렇기에 정부는 타이탄이란 유물을 발굴했을 때 희망을 품었다.

타이탄을 넘기는 조건으로 아머드 기어의 생산기술을 넘겨받거나, 핵심 기술 일부를 전수 받아 아머드 기어 부품을 자체적으로 수리할 수 있게끔 말이다.

하지만 미국은 대한민국의 약점을 너무도 잘 알고 있었다.

그 때문에 타이탄을 넘겨받으면서도 기술이전도 없이 그저 아머드 기어 열 기를 받는 것으로 입을 쓱 닦았다.

물론 노태 그룹이 아머드 기어 생산기술을 전수 받았다고는 하지만, 정부가 원하는 정도의 성능을 가진 아머드 기어를 생산하기까진 앞으로 상당한 기간이 필요할 것이다.

그런데 아머드 기어에 비견될 만한 대몬스터 병기가 곧 생산될 것이란 이야기에 이기동은 물론이고, 박용욱 청장이 놀라는 것도 무리는 아니었다.

그것도 한 달에 1,000개의 대몬스터 병기를 말이다.

물론 직접적으로 팀 아케인이 보유한 무기를 눈으로 확인한 것은 아니지만, 일단 전과가 있으니 상당한 도움이 될 것은 분명한 사실이었다.

"그렇기 때문에 제가 상급 마정석 세 개와 중급 마정석 열다섯 개를 강조한 것입니다."

"아……."

물론 사실과는 조금 다른 점이 있었다. 정진은 상급 마정석을 자신의 서클을 올리는 데 주력으로 사용할 생각이었으니.

아무리 5클래스 마법사라고 하지만 한 달에 매직 웨폰 1,000개를 생산한다는 것은 말도 되지 않는 이야기였다.

마법사 한 명이 한 달에 아티팩트를 만들 수 있는 숫자는 최대 열 개 내외였다.

다만, 정진이 자신있게 주장할 수 있는 이유는 바로 분업화에 있었다.

마법이 필요 없는 부분은 주문자 생산 방식, 즉 OEM으로 제작 의뢰를 하고, 최종 단계에서 자신이 마법을 부여할 생각인 것이다.

물론 그런 작업 또한 정진 혼자서 마력을 활성화시켜야

하기 때문에 무리가 있겠지만, 상급 마정석으로 만든 마나 집접진을 이용한다면 충분히 가능한 숫자였다.

"그럼 언제부터 생산이 가능하겠습니까?"

"그야 정부에서 제가 요구한 상급 마정석 등을 언제 제공해 주느냐에 따라 달라지겠지요."

"음……."

박용욱은 정진의 말에 잠시 신음을 흘렸다.

그러다 무언가를 떠올렸는지 얼른 말을 이었다.

"그렇다면 생산하는 매직 웨폰의 절반을 저희 헌터 관리청으로 납품해 주십시오."

"아니, 그게 무슨 소립니까? 정정진 헌터가 생산하는 아티팩트는 전량 저희 헌터 협회에서 위탁판매를 하는 것으로 이야기된 것이 아닙니까?"

난데없는 제안에 이기동 이사가 이의를 제기했으나 박용욱 청장도 결코 물러나지 않았다.

"이기동 이사, 지금은 국가를 위해 희생을 감수해야 할 때입니다. 현재 대한민국의 산과 계곡은 몬스터로 인해 우리의 땅이라 말할 수 없는 지경입니다. 군에서 국토 수복을 위해 지금도 피를 흘리고 있다는 것을 유념해 주시기 바랍니다."

박용욱 청장의 눈빛은 무척이나 확고했다.

"청장님, 제 말에 기분이 상하셨다면 죄송합니다. 다만, 거래의 주체인 저희 헌터 협회와 논의해야 할 문제라 생각했기에 이야기 중에 무례를 범하게 된 것입니다."

정진도 말을 보탰다.

"제가 보기에도 이기동 이사님의 주장이 맞는 것 같습니다. 저야 물건이 팔리기만 하면 아무런 상관도 없겠지만, 애초에 제가 물건을 생산하면 헌터 협회에서 책임지고 판매한다고 계약을 맺었으니, 정부는 제가 아니라 헌터 협회와 수량에 관한 협상을 벌이시는 것이 맞는 것 같습니다."

어차피 정부는 전략물자인 상급 마정석을 가지고 정진과 협상을 하는 것이지, 그렇다고 해서 아티팩트 소유권을 넘겨야 하는 것은 아니었다.

그러니 지금은 정부의 편을 들기보다는 그나마 안면이 있는 이기동의 편을 들어주는 것이 나중을 위해서도 좋다고 생각한 정진이었다.

"음, 정정진 헌터가 그렇게까지 이야기를 한다면 따르도록 하지요. 이기동 이사."

"예. 말씀하십시오, 청장님."

"조금 전에 이야기했다시피 정부는 몬스터에게 빼앗긴

국토를 수복하기 위해 전쟁을 벌이고 있습니다. 비록 국군이 막강한 화력을 가지고 있다고는 하지만, 적의 범주에 오직 몬스터만 있는 것은 아닙니다. 북한도 언제 도발을 재개할지 모르는 일입니다. 그래서 우리 정부 입장에서도 최대한 많은 수량의 아티팩트가 필요합니다."

"무슨 말씀인지 잘 알겠습니다. 헌터 협회도 대한민국에 소속된 공공기관이라고 할 수 있으니, 국토 수복에 적극 협력하겠습니다. 자세한 사항에 대해서는 저희 협회장님과 이야기를 나눠봐야 하겠지만, 아마 협회장님께서도 적정 수준의 가격만 책정해 주신다면 최대한 정부의 요구를 수용하실 것입니다."

아무리 헌터 협회가 아티팩트의 판매권을 가진다고 해도 정부와 각을 세우며 대립할 수는 없는 노릇이었다.

그러니 적당한 선에서 합의를 보는 것이 헌터 협회로서도 나았다.

† † †

이른 아침.

사냥 장비를 챙겨 집을 나서는 이정진의 어린 여자아이들이 졸졸 따라 나왔다.

아이들의 표정은 그리 밝지 못했다. 이정진이 위험한 뉴 어스로 몬스터를 사냥하러 간다는 사실을 알고 있기 때문이다.

"아빠, 거기 안 가면 안 돼요?"

세 딸 중 막내 주연이 이정진의 옷깃을 붙잡고 칭얼댔다.

막 차에 오르려던 이정진은 한숨을 내쉬고는 자세를 낮춰 주연이와 눈높이를 맞추었다.

"우리 딸, 아빠 걱정해 주는 거야?"

"응. 거기는 무서운 괴물이 많다고 하잖아. 그러니까 가지 마. 응?"

다른 두 딸도 말은 하지 않지만 같은 심정인 듯 눈빛에는 걱정이 가득 담겨 있었다.

"그렇지만 아빠는 대장인걸. 아빠가 가지 않으면 다른 삼촌들이 위험해진단다, 주연아."

애써 태연하게 말하면서도 이정진의 마음은 찢어질 듯했다.

이제 겨우 열 살인 주연이는 자신이 일을 나갈 때마다 이렇듯 떼를 쓰고는 했다.

무엇 때문인지 모르는 바는 아니었다.

하지만 가족의 생계를 위해선 어쩔 수 없었다.

배운 것이라고는 몸을 쓰는 것이 전부였기에 이정진은 위험을 무릅쓰고서라도 뉴 어스로 가야만 했다.

그나마 이젠 자신만의 팀을 꾸려 마음 맞는 동료들과 함께 몬스터를 잡을 수 있게 된 상황이다. 예전 의뢰를 받을 때보다 더 안전하게 몬스터를 잡고는 있지만, 그래도 언제 어떤 위험이 닥칠지는 장담할 수 없었다.

하지만 자신을 걱정하는 딸들 앞에서 그런 내색을 보일 수는 없는 노릇 아니겠는가.

이정진은 애써 밝은 표정을 지으며 주연이를 다독였다.

"지금 함께 일하는 삼촌들은 아빠만큼이나 강해서 전혀 위험하지 않단다. 그러니 너무 걱정하지 말고, 아빠 다녀올 때까지 언니 말 잘 듣고 있어야 한다. 알았지?"

"응, 알았어. 대신 다치지 말고 와야 돼. 알았지?"

"그래. 아빠 무사히 다녀올게. 수연아."

"제가 책임지고 잘 돌보고 있을게요. 걱정하지 마세요, 아빠."

"그래, 수연아. 아빠 없는 동안 문단속 잘하고."

"네, 걱정 마세요."

"그리고 혹여 무슨 일 있으면 아빠가 알려준 곳으로 연락하고. 알겠지?"

"네, 아빠. 저희 걱정은 하지 마시고 조심히 다녀오세요."

"오냐. 태연이도 언니 말 잘 듣고 동생 잘 보고 있어. 아빠가 갔다 와서 네가 사 달라고 하는 것 사 줄 테니 기대하고."

"응, 아빠. 다녀와."

한바탕 배웅이 끝나고 이정진이 차를 몰고 사라지자 세 아이는 집 안으로 들어갔다.

"자, 아버지도 일 나가셨으니, 이제 모두 학교 갈 준비해."

"응, 언니."

"언니, 나 오늘만 쉬면 안 돼?"

태연과 달리 주연은 뭐가 그리 마음에 들지 않는지 시무룩해져서는 어리광을 부렸다.

"주연아, 나중에 아빠가 돌아와 너 학교 가지 않은 걸 아시면 많이 슬퍼하실 거야. 주연이는 그랬으면 좋겠어?"

"알았어……. 아빠가 위험한 곳에 괴물 잡으러 가는 것도 싫지만, 슬퍼하는 건 더 싫어."

"어유, 그래. 우리 착한 주연이, 어서 준비하자."

"응."

학교에 도착한 수연이 자신의 캐비닛에 막 가방을 넣고 있는데 누군가가 다가왔다.

"안녕, 수연아."

"아, 정수구나. 안녕."

원래부터 수연과 정수가 이렇듯 친한 사이는 아니었다.

정수도 몬스터 웨이브로 인해 어머니를 여의었다는 이야기를 들었기에 동병상련의 감정으로 갖게 되었을 뿐이다.

더욱이 정수는 수연보다 가정 형편이 더 좋지 않아 학교가 끝나면 아르바이트를 해야 하기에 친구들과 어울리는 경우가 거의 없었다.

그러던 정수가 갑자기 바뀐 것은 몇 달 전부터였다.

실종되었던 큰형이 갑자기 헌터가 되어 돌아왔다는 이야기와 함께 아르바이트를 그만둔 것이다.

생활고에서 벗어나 청춘의 밝음을 되찾은 정수는 좀 더 적극적인 성격이 되었다.

"너희 큰오빠도 뉴 어스로 갔겠구나?"

"응. 그럼 네 아빠도?"

"응. 안 그래도 그 때문에 오늘 아침에도 주연이랑 한바탕했다."

"하하, 주연이의 어리광은 여전한가 보구나."

"그렇지 뭐. 그런데 어쩐 일이야?"

같은 반도 아닌 정수가 찾아온 것에 수연은 고개를 갸웃거렸다.

정수는 얼굴을 붉히며 조심스레 말을 꺼냈다.

"응. 그게…… 누나가 오늘 저녁에 너 밥 먹으러 오라고 하더라."

"밥? 하지만 동생들이……."

"동생들도 다 데려와. 누나가 함께 오라고 했어."

수연으로서는 동생들까지 데리고 갈 수 있다면 딱히 거부할 이유가 없었다.

"응, 알았어."

수연의 대답을 들은 정수가 부리나케 내달려 자신의 교실로 뛰어가자 또 누군가가 다가왔다.

"수연아, 정수가 무슨 일로 찾아온 거야?"

"응? 아, 지수구나. 정수가 오늘 자기 집에 저녁 먹으러 오라고 해서 말이야."

"뭐? 정수가 저녁 먹으러 오라 했다고?"

지수가 큰 소리로 호들갑을 떨자, 교실에 있던 아이들이 전부 수연의 곁으로 몰려들었다.

"뭐야?"

"뭐야, 뭐야? 무슨 일 있어?"

나름 인기인이 된 정수가 반으로 찾아오자 많은 여자아이들이 귀를 쫑긋 세우고 있었는데, 초대 이야기를 듣고 벌 떼처럼 일어난 것이다.

"무슨 일로 정수가 네게 저녁을 먹자고 한 거야?"

"아, 아니야. 내 동생들도 함께 초대된 거야. 그리고 정수가 아니라 정은 언니가 초대한 거야."

"응? 정은 언니가 왜?"

"그건 정수네 큰오빠가 우리 아빠하고 같은 팀에 있어서……."

"아, 그 마법사라고 떠들썩했던 사람 말이지?"

"응. 나도 본 적은 없지만, 그렇다고 하더라. 그 오빠가 우리 아빠 무기도 만들어줬다고 하더라고."

"그런데 수연아……."

"응?"

"그 저녁 초대에 나도 같이 가면 안 돼?"

수연은 지수의 말에 어처구니가 없었다.

"그걸 왜 나한테 물어? 그건 정은 언니한테 물어봐야지."

"아아, 그렇지. 헤헤."

수연은 작게 웃어 보이고는 자리에 가 앉았다.

겉으로는 아무렇지 않은 척했지만, 조금 전 정수가 저녁 초대를 한 것에 가슴은 작게 두근거리고 있었다.

✝   ✝   ✝

신림동 게이트.

"일주일 동안 잘 쉬었냐?"

"형님, 안녕하십니까. 하하, 저야 뭐 몬스터 사냥을 하느라 그동안 밀린 집안일을 좀 했죠."

강현성은 뒷머리를 긁으며 넉살 좋게 웃어 보였다.

그 모습에 이정진은 강현성이 대충 어떻게 지냈는지 짐작할 수 있었다.

자신도 부인이 살아 있을 땐 저러했으니 말이다.

"안녕하세요, 제가 좀 늦었습니다."

그러는 사이, 김지웅이 다가왔다.

"어서 와라, 지웅이."

"어서 와, 지웅아. 나도 방금 도착했어."

"네. 그런데 다른 사람은 아직 도착 안 했나 보네요?"

그 말이 끝나기도 전에 뒤에서 정진이 나타났다.

"안녕하세요."

"오, 정진이구나. 어서 와라."

"이놈, 막내가 빠져 가지고. 형님들보다 늦게 오네?"

"인마, 너도 방금 왔잖아."

"아니, 형님! 그걸 말하심 어떡합니까?"

"안녕하세요, 형님들. 저희 왔습니다."

김지웅과 강현성이 투닥고 있을 때, 강진성과 류재욱도 막 도착했다.

"그래, 어서들 와라. 이제 다 모인 건가?"

"네."

"그럼 다시 돈 벌러 가볼까?"

팀 아케인의 분위기는 전체적으로 유쾌했다. 멤버들은 각자의 짐을 챙기며 뉴 어스로 넘어갈 준비를 마쳤다.

그러는 동안 다른 헌터와 상인들도 게이트를 통과하기 위해 분주하게 움직이느라 게이트로 향하는 줄이 길게 늘어섰다.

지루한 기다림의 시간이 지나고, 이윽고 이정진과 멤버들의 차례가 되었다.

"팀 아케인입니다. 총원 여섯 명입니다."

"짐의 무게는 어떻게 됩니까?"

"약 200킬로그램입니다."

"네? 200킬로요?"

체크리스트를 확인하던 관리인이 고개를 들었다.

몬스터 헌팅을 하러 가는 팀이 짐의 무게가 겨우 200kg 라는 말에 의아했기 때문이다.

아무리 규모가 작은 몬스터 헌팅 팀이라 해도 최소 일주일 이상 걸리는 사냥에 짐의 무게가 겨우 200kg라는 것은 이례적인 일이었다. 당연히 관리인의 입장에서는 준비가 부실하다는 생각이 들 수밖에 없었다.

하지만 짐이 적다고 해서 통과를 막을 수는 없었다.

팀 아케인 멤버들은 게이트 통과와 함께 급변하는 환경에 대비해 정신을 집중했다.

"후흡, 후우……."

"후후후, 흐읍!"

"아, 제길. 뉴 어스는 다 좋은데 이게 문제라니까."

가장 먼저 호흡을 정리한 김지웅이 낮게 투덜거렸다.

그런 김지웅의 말에 이의를 제기하는 사람은 없었다.

그도 그럴 것이, 김지웅뿐만 아니라 모두가 여간 고역이 아니었던 것이다.

호흡 때문에 곤란을 겪는 것은 정진도 마찬가지였다.

아니, 오히려 다른 사람보다 마나에 민감한 탓에 더 위험할 수도 있었다.

산소의 짙은 농도로 인해 마나 트러블이라도 생기면 5클래스 마법사인 정진에게는 무척이나 위험한 일이 벌어진다.

정진의 마나 서클이 마나 트러블에 의해 붕괴되며 30m 반경의 커다란 폭발이 일어나게 되는 것이다.

그렇게 된다면 정진의 곁에 있는 팀 아케인 멤버들 또한 무사하지 못할 터.

아무리 신체가 강화되고 파워 슈트를 착용했어도 예외가 될 수는 없다.

그만큼 정진의 심장에 쌓여 있는 마나 서클의 힘은 강력한 것이었다.

하지만 정진 역시 5클래스에 오른 경지를 결코 도박으로 딴 것은 아니었다.

언제나 이성적인 판단을 내려야 하는 마법사의 특성상 초일류 전투기 조종사의 정신력을 능가했다.

서둘러 호흡을 안정시킨 정진은 다른 멤버들이 쉽게 뉴 어스의 대기에 적응할 수 있도록 주변의 마나 농도를 조절했다.

그러자 보다 빠르게 멤버들의 호흡이 안정화되었다.

"후우."

크게 숨을 들이마셔 호흡을 정리한 이정진이 주변을 돌아보며 물었다.

"모두 괜찮나?"

"예, 괜찮습니다."

"네, 저도 끄떡없습니다."

차례차례 대답을 하는 팀 아케인 멤버들을 확인한 이정진은 빠르게 멤버들을 인솔했다.

자신들이 자리를 비켜줘야만 다른 사람들이 게이트를 넘어올 수 있기 때문이다.

게이트 입구를 벗어난 팀 아케인은 빠르게 뉴 서울 북문으로 향했다.

[마스터, 오셨습니까?]

정진과 팀 아케인 멤버들이 감각 범위 안에 잡히자 타라칸이 텔레파시를 보내왔다.

하지만 정진은 아무런 대꾸도 하지 않고 곧바로 타라칸의 둥지를 향해 움직였다.

영원의 숲의 우거진 수풀과 나무를 헤치면서 얼마를 걸었을까.

타라칸의 보금자리인 커다란 바위산이 저 멀리 보이기 시작했다.

김지웅은 타라칸의 둥지가 눈에 들어오자 감회가 새로운

듯 탄성을 토했다.

"와! 도착했다. 여긴 언제 봐도 대단해."

"어서 가자. 도착하면 식사를 하고 잠시 휴식을 취한 뒤, 곧바로 사냥을 하러 간다."

잠시 감상에 젖어 있던 팀 아케인 멤버들은 이정진의 목소리를 듣고는 다시 걸음을 옮겼다.

쿵, 쿵!

지구에서 넘어올 때와 다르게 현재 팀 아케인의 구성에는 변화가 있었다.

아머드 기어의 존재.

다크 헌터들에게서 노획한 아머드 기어가 류재욱의 조종에 맞춰 묵직한 움직임을 선보이는 중이었다.

사냥에서 이탈하게 된 정진으로 인해 사냥 방식의 변화는 불가피했다.

처음엔 우려도 많았지만, 아머드 기어의 합류는 팀 아케인 멤버들에게 새로운 자신감을 심어주었다.

"후, 어떤 것부터 시작해야 하나……."

정진은 아무도 없는 타라칸의 둥지를 둘러보았다.

팀 아케인의 멤버들은 사냥을 나간 상태였다.

정진은 혹시 몰라 타라칸을 함께 보내긴 했는데, 타라칸이 사냥을 돕지는 않을 것이다.

그에 대해서는 다른 멤버들도 충분히 이해를 했다.

비록 타라칸이 정진의 가디언이기는 하지만, 명령을 듣는 존재는 아니라는 점을 멤버들에게 주지시킨 것이다.

그렇게 다른 멤버들이 사냥을 하는 동안, 정진은 정부로부터 받아 온 상급 마정석을 이용해 마나 집접진을 업그레이드할 계획이었다.

뿐만 아니라 아니라 마법의 경지를 6서클로 성장시키는 것도 이번 뉴 어스 체류 중에 완수해야 정진의 할 과제였다.

원래대로라면 몇 개월 더 마나 집접진에서 마나를 모아야 했겠지만, 상급 마정석으로 마나 집접진을 업그레이드하면 시간을 대폭 단축시킬 수 있을 것이었다.

생각만 해도 짜릿한 듯 정진은 잠시 몸을 부르르 떨고는, 한쪽에 마련되어 있는 마나 집접진을 해체해 나갔다.

정진은 우선 집접진의 코어인 마정석을 빼내고 마법진을 지웠다.

마법진에 들어간 재료가 아깝기는 하지만, 어쩔 수 없었다.

마법진의 코어가 되는 마정석에 마법이 발현되게 하려면 마나를 공급할 때 그 흐름이 원활해야 했다. 그러기 위해 마나의 전도율이 높은 마법 금속인 미스릴이 필요하지만, 문제는 정진에게는 미스릴이 없다는 것.

그러니 그 대용으로 은과 마정석을 혼합한 합금이 필요했다.

미스릴에는 못 미치지만, 80%에 가까운 효과를 낼 수 있기에 다른 합금에 비해 무척이나 저렴한 가격에 마법진을 그릴 수 있었다.

물론 미스릴이 있다면 마법진의 효율은 훨씬 상승하겠지만, 없는 것을 지금 당장 찾아봐야 머리만 아플 뿐이다.

정진은 마법진이 지워진 자리에 목탄으로 새롭게 밑그림을 그리고는 그 위에 은과 마정석을 혼합시킨 용액을 부었다.

이어 같은 굵기의 선들이 어지럽게 그려지고, 그 위에 기묘한 도형과 알 수 없는 마법 문자를 새겨 넣었다.

과정 내내 굉장한 집중력을 필요로 했기에 어느새 정진의 이마에는 땀이 줄줄 흐르고 있었다.

그렇게 두어 시간이 흐르고, 마침내 마나 집접진이 그 모습을 드러냈다.

'휴, 다 그렸다. 이젠 활성화만 시키면 된다.'

정진은 집접진 내부에 새겨진 삼각형의 꼭짓점에 조심스러운 손길로 상급 마정석을 올려놓았다.

그런 후, 다시 상급 마정석을 중심으로 이루어진 오각형의 꼭짓점에 다시 중급 마정석을 배치했다.

그러자 비로소 상급과 중급 마정석, 총 열여덟 개의 마정석이 들어간 커다란 마법진이 완성되었다.

마법진을 활성화하기 전, 정진은 다시 한 번 마나 집접진을 검토하였다.

혹시나 실수를 한 곳은 없는지 확인을 하는 것이다.

만약 한 곳이라도 실수한 데가 있다면 마법진에 들어간 마정석이나 특수 합금이 소실될 수도 있었다.

신중하게 검토를 마친 정진은 잘못된 부분이 없다는 것을 확인한 후에야 천천히 마법진에 마나를 불어넣기 시작했다.

〈『헌팅 프론티어』 제6권에서 계속〉

www.bbulmedia.com

www.bbulmedia.com